ハヤカワ文庫 SF
〈SF2445〉

宇宙英雄ローダン・シリーズ〈713〉

カンタロ捕獲作戦

H・G・フランシス&ペーター・グリーゼ
林 啓子訳

早川書房
9056

PERRY RHODAN
EINE FALLE FÜR DIE CANTARO
DAARSHOL, DER CANTARO
by
H. G. Francis
Peter Griese

Translated by
Keiko Hayashi
First published 2024 in Japan by
HAYAKAWA PUBLISHING, INC.
This book is published in Japan by
arrangement with
HEINRICH BAUER VERLAG KG, HAMBURG, GERMANY
through JAPAN UNI AGENCY, INC., TOKYO.

目次

カンタロ捕獲作戦

カンタロ捕獲作戦

H・G・フランシス

登場人物

ペリー・ローダン……………………銀河系船団最高指揮官
レジナルド・ブル（ブリー）……《シマロン》指揮官
グッキー………………………………ネズミ＝ビーバー
レノ・ヤンティル……………………《ブルージェイ》船長
ペドラス・フォッホ…………………同副官
エルヴァ・モラン……………………同情報分析者
クルダン・ヤルス……………………同通信技師
オムレ・フィツカラルド…………同ハイパー通信スペシャリスト。通称フィツ
ドニー・ワリー………………………同武器シントロニカー。通称スリープ
アルネ・コッセム……………………惑星チョカの支配者。〝道案内人〟
ウルラト・モマス……………………宇宙航行管制局〝星の道〟の局長

1

「またもや、きみらしい発言だな」クルダン・ヤルスがいった。「きみは、われわれの任務をカオスだといった。それも顔色ひとつ変えずに」

男は怒りをおさえきれないようだ。背を向け、部屋を出ていこうとする。

「ばかなまねはよして」エルヴァ・モランが引きとめた。「せめて、話くらい聞いてくれてもいいじゃない」

「いいよ」クルダン・ヤルスはそう応じ、デスクの女のとなりに腰をおろした。「聞こうじゃないか」

「まずは基本的なことからね」女が口をひらいた。「わたしにとっては、出撃にともなうリスクを回避することがなによりも重要なの」

この情報分析者は、〝ドレーク〟という組織のメンバーのあいだですこぶる評判がいい。きわめて優秀な科学者で、創造性豊かだ。背は高くない。ベリーショートの黒髪。同じく黒い大きな目は静けさをたたえ、なにごとにも動じない精神力の強さをしめす。それでも服装に関しては、あえて体形が目だたないようなゆったりしたブラウス、ジャケット、スラックスを好むようだ。どうやら、太めの脚を気にしているらしい。それを知ったクルダン・ヤルスは、いつか辛口のコメントで友の鼻っ柱をへし折ってやりたくてたまらない。

「見あげた心意気だな」ヤルスはしぶしぶ認めた。「リスクが回避できるならそれにこしたことはない。ただし、実際には出動の機会はしばらくおあずけだろうな。忘れたのか？　われわれは追放されたのだ。〝ドレーク〟という組織の反乱は鎮圧された。われらがボス、レノ・ヤンティルは、自由商人のリーダーになろうとしたが、それは実現しなかった。ローダンが《シマロン》で到着したとき、その夢は終わったのさ」

「わかっているわ」女は友の話をさえぎろうとした。

「きみもおれも追放されたのだ。二十四時間以内に《ブルージェイ》もろともフェニックスをはなれなければならない。おれたちふたり以外の〝ドレーク〟のメンバーは全員、砂漠に向かうことにしたようだ」

「だからこそ」男がひと息つくと、女は急いで口をはさんだ。「解決策を考えてみたの」

「で、どうしようと？」

クルダン・ヤルスは疑念をいだいた。みずから思いついたアイデアでなければ、つねに疑ってかかることにしている。

通信技師のヤルスはその外見だけでも、容易に分類できないタイプとわかる。真っ赤な髪を横にとかしつけ、右耳の上でポニーテールのように束ねていた。長身でたくましく、自慢の筋肉を動かしてみせるのが好きだ。

「わたしたち、名誉を回復しなくちゃね」女は告げた。「レノも考えをあらためたようよ。ローダンに協力するつもりみたい」

「それがいい」男はしぶしぶ認めた。

「計算したところ、すぐにもその機会が訪れるわ。そうなったら、一瞬たりともむだにできない。ただちに船を発進させなくちゃ」

「それは見当ちがいだな」クルダン・ヤルスが反論する。「実際、われわれは立ちあがれないほどの打撃を受けている。チャンスはまったくない」

「うわべはそう見えるかもしれない」女は認めた。「でも実際はそうではないわ。わたしたちには名誉を回復する方法がある。まちがいなく、最善策は貴重な情報を入手することよ。そして、いまのところ、もっとも重要な情報は、どこでどうすればカンタロが見つかるかということ」

「すばらしいね」通信技師があざけるようにいった。「でもって、それにはこのシントロニクスが必要ってわけか？」

男は立ちあがり、ふたたび部屋を出ていこうとする。エルヴァ・モランはシートを回転させ、

「認めるわ、クルダン！　でも、その情報を入手するために、いつ船が発進するのか、あなたにも予測できるでしょ？」

「もちろん、わからないな！　だれにも未来はわからない。きみにだって」

「たしかに、わたしは予言者じゃないけれど、このカオスをどうにかしたいの。未来は、わたしから見ればカオスそのもの。予測不可能なほど多くの不確実性に翻弄《ほんろう》されているわ」

「同感だな」

「シントロニクスに、わたしが創ったプログラミングを組みこんでみたの」女はクロノメーターを一瞥《いちべつ》した。「それによれば《ブルージェイ》は三十秒以内にスタートするわ」

クルダン・ヤルスはにやりとした。エルヴァの思いこみにちがいない。

「じゃ、スタートしようぜ」そう応じてみる。

突然、スピーカーから警報が鳴りひびいた。同時に、船全体にまぎれもない振動がは

しる。

《ブルージェイ》が発進したのだ。

クルダン・ヤルスは青ざめた。デスクのスイッチを震える手で押しこむと、オムレ・フィツカラルドの髭《ひげ》が伸びた顔がモニターにあらわれる。

「なにがあった、フィッツ?」クルダンが訊いた。

＊

「おれの話を聞いているのか?」〝フィッツ〟ことオムレ・フィツカラルドが、甲高《かんだか》い声で叫んだ。

ハイパー通信スペシャリストは、ならぶモニターの前に陣どり、広範囲にわたる検索プログラミングを入力していた。数日前からずっと髭をそっていないようだが、外見にそぐわなくもない。実際、いつも薄汚れた感じに見えた。

フィッツは不機嫌そうに、ドニー・ワリーを見つめている。この武器シントロニカーは、だれからも〝スリープ〟と呼ばれていた。

「もちろん」武器シントロニカーが応じた。「おめめ、ぱっちりだぜ」

「きみについては、だれがわかるものか!」フィッツが非難する。

まちがいなく、そのとおりだった。ドニー・ワリーは、立ったまま、目を開けて眠るという信じがたい特技を持つ。そして、それを充分に活用していた。会話が退屈だと感じると、スイッチを切って寝てしまうのだ。相手のコミュニケーション能力に対することのような批判のしかたは、通信技術の天才といわれるフィッツさえも不安にさせた。

フィッツは、ワイヤーとバッテリーで原始的送信機を組みたて、ハイパーエネルギー・モジュールとわずかな技術廃棄物があればハイパー送信機をつくれるようなやからだ。

「本当に聞いているのなら」男はつづけた。「おれはいま、シントロニクスの手を借りて、友との情報交換に必要なコードを開発しているところだ」

「すばらしい」スリープが応じた。身を乗りだしている。「新しいやつか?」

「新しいどころじゃないさ、なにも知らないんだな」フィッツカラルドが不機嫌そうにいう。「これにより、情報交換のさい秘密にされるべき内容が、実際に秘密として保持されるのさ」

スリープは、なんともいえない声を何度か発した。目がうつろだ。

「もう一度尻を……」通信技師が脅した。

武器シントロニカーは目を輝かせ、

「すばらしい」と、いった。「自分の意見を主張するには、その手の秘密保持箱が早急に必要だからな」

「ちゃんと話を聞いていたのか」フィッツが驚いていった。

「もちろんさ。きみと話しているのにわたしが居眠りするとでも思うのか？」

「そのことだからな。なにが起きてもおかしくない」フィッツがうめくようにいった。

「レノが、きみといっしょにおれを出撃させようと思わないよう、毎日祈っている」

「その率直さには、かなわないな」武器シントロニカーが笑みを浮かべた。「とはいえ、出動の機会はそうすぐには訪れないさ。レノがどこに向かうかを決めたら、ただちに船もフェニックスをはなれる。ただし、歓迎してもらえるような惑星を見つけるには時間がかかるだろうよ」

「われわれには、たくさんの取り柄がある」フィッツが指摘した。「〝ドレーク〟のメンバーは、名高いスペシャリストぞろいだ。本来、だれもが喉から手が出るような」

「それは、われわれがなにもやらかしていなければの話だな」

「それこそ、おれが後悔していることだ」フィッツが指先でワシ鼻をなでながら、強調するようにいった。「テラにもどって、レバノンに向かえばいい。わが祖先の故郷なら、歓迎されるにちがいない」

フィッツにはなんでもありうるが、祖先が中東出身とは信じがたい。スリープは笑みを浮かべた。眠そうだ。目を見ればわかる。まもなく、眠りこむだろう。

「未来がどうなるか、わかればいいのにな。遺憾ながら、われわれには不可能だ」

スリープが本当に眠ったことに気づくと、フィッツはいまいましそうに唇を噛みしめた。

突然、モニターのひとつが赤くきらめく。フィッツは、話し相手に腹をたてたことをすっかり忘れた。自分の装置に向きなおる……その甲斐《かい》があった！　だれかが通信メッセージを送ってきたのだ。特殊コードキイで暗号化されている。

「どうした？」スリープが訊いた。

「寝ていたんじゃないのか」フィッツがうなった。「メッセージを受信した。われわれにとり重要なものかもしれない」

メッセージは通常の方法で送信されたものだった。情報提供者は宇宙船でセレス星系に十八光年まで近づいたさい、解読困難なコードを発信したのだ。

フィッツは《ブルージェイ》の司令室を呼びだした。船長のレノ・ヤンティルの顔がモニターにうつしだされると、なにが起きたかを簡潔に告げる。

「つまり、情報提供者のだれかが、われわれにとり重要な情報を入手したということだな」船長が告げた。「ただちにスタートする！」

＊

レノ・ヤンティルはわれに返った。おのれに科せられた追放処分によって夢から引きはなされ、現実にもどされたのだ。

ヤンティルは、ペドラス・フォッホとともに《ブルージェイ》の司令室に足を踏みいれた。船長も副官もストレートボールの試合で汗だくだった。本当はシャワーを浴びたいところだが、ヤンティルは司令室に直行した。なにか事態が変わりそうな予感がしたのだ。

ふたりとも疲労困憊《こんぱい》していた。ふたりが知るなかで最速の試合といえよう。開催場所は宇宙船内の一通廊。両プレイヤーはすくなくとも全長四十メートルはある通廊で向かいあって立った。通廊の中央部分は重力から解放されている。試合の勝敗は、相手が打ちかえせないよう、ちいさなプラスティック製ボールをいかにすばやく、あるいは回転させて飛ばせるかにかかっている。このゲームは待ちうける問題からふたりの気をそらしてくれたものの、問題を解決するにはいたらなかった。

レノ・ヤンティルは、すでに何時間もこれからどうすべきか、考えあぐねていた。数時間後には、惑星フェニックスをはなれなければならない。

「われわれのほかにはだれがいっしょにいくのだ?」船長が訊いた。

「有罪判決がくだったわれわれ三人と」副官のフォッホが応じた。「〝ドレーク〟のメンバー全員、つまり五十名です」

「きみもおちつかないのか?」レノ・ヤンティルがつづけて訊いた。

「負けをあっさりと認めるわけにいきません」ペドラス・フォッホが認めた。「いや、なにもローダンを打ちまかして追いだそうというわけではなく。なにか大きな変化が訪れると確信しています。ローダンは銀河系にもどり、その状況を変えるにちがいない。わたしはそれが実現する瞬間に立ちあいたいのです」

「われわれのだれも、立ちあえないだろうな」

「ローダンが挑もうとしている大きな問題のいくつかを、われわれが解決できれば……」

レノ・ヤンティルは笑みを浮かべ、

「われわれには解決できない。そう仮定するのが現実的だな」と、はっきりといった。

モニターが反応し、オムレ・フィッツカラルドの顔がうつしだされる。

報告を受けたレノ・ヤンティルは息をのみ、

「どう思う？」と、フィッツに訊いた。「つまり、その暗号メッセージは、われわれの情報提供者のだれかが重要な情報を入手したということか？」

「そのとおりです」フィッツが肯定する。「セノテ星系の惑星チョカで、うまくいけばさらなる情報を入手できるでしょう。運がよければ、その情報の重要性が認められ、われわれに科された追放処分が帳消しになるかもしれない。運が悪ければ……」

「それについては考えたくもない」ヤンティルが言葉をさえぎった。「懸念はほかの者にまかせよう。ただちに発進だ！　目標はセノテ星系」

シントロニクスはすでに、セノテ星系の主要データをスクリーンに表示していた。惑星フェニックスからの距離はちょうど八百五十三光年、クロノパルス壁のすぐそばだ。惑星ふたつを擁し、外側の惑星はチョカと呼ばれていた。人類が生存可能な条件をそなえるのはこの惑星のみ。犯罪組織が支配し、統治する奇妙な社会が形成されていた。〝道〟と呼ばれる組織は完全無欠で、住民から……たとえ不本意であれ……政府として認められている。

その昔、銀河系をめぐるバリアはすぐに解除されるだろうと期待して、この酸素惑星にやってきた者たちがいた。その次の移民の波は、バリアが解除されるのを待つ者たちとの取引をもくろむ者たちからなる。

さらにチョカは、ほかの惑星では身動きのとれなくなったあらゆる者たちのかくれ場としても知られていた。

レノ・ヤンティルが警報を発し、数秒後には乗員全員が配置につく。《ブルージェイ》は予定よりも数時間早く、惑星フェニックスをはなれた。

宇宙船が惑星の重力圏を脱すると、船長のレノ・ヤンティルは乗員に向かって、なぜ急発進に踏みきったのかを説明した。

「けっして、甘くみてはならない。惑星チョカは、かなり手ごわい相手だ。そこでは、だれにも歓迎されないはず。〝閉ざされた道〟は、われわれを格好の獲物と見なすだろう。惑星になにかをとりにきたと気づけばすぐに、金銭を要求されるかもしれない。用心しなければ、《ブルージェイ》を奪われる恐れもある。惑星に足を踏みいれたとたん、大きな危険におちいるかもしれない。それでも危険を想定内にとどめるため、乗員数名のみが《ブルージェイ》をはなれ、搭載艇で惑星に着陸する。万一の場合、《ブルージェイ》は発進し、逃げだすことができるだろう。これから特務部隊を編成し、慎重にチョカにおける状況にそなえる。これこそ、われわれが待ちわびたチャンスだ。それを活かさなければ」

船長は乗員を勇気づけようと、カメラに向かって自信に満ちた笑みを浮かべ、「エルヴァ・モランには、すぐに司令室にきてもらいたい」と、締めくくった。

2

「これはただのトリックさ。それだけだ」クルダン・ヤルスが笑いながらいった。「あやうく引っかかるところだった」

「トリックではないわ」エルヴァ・モランが応じた。「わたしのカオス・ジェネレーターが、そうはじきだしたのよ」

ヤルスは笑いとばした。友の言葉が信じられなかったから。

エルヴァにつきそい、司令室に向かうところだ。船長が彼女に話があるという。それが気にいらない。ヤルス自身は彼女の職務をまったく重要視していなかった。未来を予測するなど、とうてい不可能に思えたから。だが、船長はちがう考えのようだ。

司令室のハッチが目の前で開き、ふたりはなかに入った。室内にはレノ・ヤンティルと副官のペドラス・フォッホしかいない。

「チョカについて聞いたことがあるか？」ハッチが閉まると、船長が訊いた。

「その惑星について知りうるかぎりのことは、ほぼすべて記録しています」エルヴァがシートのひとつに腰をおろしながら、告げた。

「で？」

「わたしたちにとって、見通しはあまりよくありません」

船長は自動供給装置からコーヒーをとりだすと、女の向かい側にすわった。相手の不思議そうな視線に気づくと、笑みを浮かべ、

「つい先ほどまでストレートをしていた」と、説明する。「悪いな。ふたりともシャワーを浴びていなくて」

「ただの冷や汗かと思いました」女は冗談めかした。

「期待しすぎかな？」

「エルヴァに予測させたらどうです？」クルダン・ヤルスがあざけるようにいった。

「彼女ならそのカオス・コンピュータとやらで、チョカの冒険がどうなるかを教えてくれるはず」

「エルヴァにはそれも可能だ」ヤンティルが通信技師に向かって告げる。

「チョカでなにが起きるか、計算できると？」ヤルスが笑った。「それはナンセンスというもの。たとえば、おれが出動するとしましょう。エルヴァはなにをすべきかを予測し、おれに教えてくれるわけです。そして、おれはそのとおりにする。だが、そこに突然、美女があらわれ……すべてが計画とはちがった方向に進むでしょう」

「その手の人間の弱点も考慮されるわ」エルヴァが応じた。「もしあなたが出動するなら、わたしはカオス・コンピュータにあなたの性格の詳細な分析データを入力する。それによって、あなたがどう行動するか予測できるはず」

「それは不可能だな」ヤルスは、ほとんど怒ったようにいった。「計画をことごとく狂わせる多くの偶然が重なるからだ。そうでなければ、ロボットを投入すればいい」

「エルヴァにチャンスをあたえよう」船長がきっぱりと告げた。「チョカでなにが起ころうと、同じことだ。なににそなえるべきかわかれば、大いに有利になる。カオス・ジェネレーターにたよらないのはおろかというもの」

「おれはかまいませんよ」クルダン・ヤルスは不機嫌そうにつぶやいた。

「チョカにおいて、もっとも厄介なのは〝道〟です」情報分析者が指摘した。「このギャング組織は住民を完全監視することで、あらゆる抵抗活動の根絶をめざしている。それゆえ、チョカに着陸した瞬間から、われわれも監視されると覚悟しなければなりません。とはいえ、それがかならずしも不利に働くとはかぎらない。これを逆手にとって〝道〟をあざむく、あるいは駆けひきすることも可能です」

「なぜ、訪問目的を率直に伝えないんだ?」クルダン・ヤルスが訊いた。

「その場合、情報を入手できないのは確実だからだ」レノ・ヤンティルが説明した。

「もし本当にそれがわれわれにとり価値あるものならば、〝道〟は、情報をわたすべきではないと判断するにちがいない。その場合、〝道〟はみずからこれを利用して大儲けをたくらむはず。それができなければ、情報をわれわれに高値で売りつけるかもしれない。情報が無価値なものであればなおさら、可能なかぎり値をつりあげようとするだろう」

「いまの話はよくわかりませんが」クルダン・ヤルスが認めた。「フィッツがハイパー通信をとらえました。それによれば、レノの情報提供者のひとりがわれわれにとり重要な情報を入手したとか。そうなのですか？」

「そのとおりだ」船長が肯定する。

「なるほど。ならば、まず教えてください。その通信メッセージを送ったのは何者で、なぜそうしたのか。第二に、なぜその者は情報の内容を伝えないのか。第三に、レノ、あなたの情報提供者はだれなのか。第四に、もしその情報提供者がチョカにいるのならば、なぜ、直接その者を訪ね、なにが起きたのかを訊きださないのか」

レノ・ヤンティルは、汗ばんだ髪を額からかきあげ、

「どれも、もっともな質問だな」と、認めた。「第一。ハイパー通信メッセージは、われわれに恩義を感じている商人によって発信された。フィッツによれば、発信者が本人の識別コードを使ったのはまちがいない。その者は何年にもわたって、〝道〟相手に儲けてきた。われわれとのつながりが明るみに出ることで、せっかく築いた関係を危険にさ

らすわけにはいかないと考えているようだ。そうなれば、望ましくない説明を強いられるだろう。つまり……われわれの情報提供者のひとりだということを」

〝ドレーク〟という組織の情報提供者は、銀河系周辺のいたるところに存在する。報酬を支払うことで、長い歳月をかけてつちかわれた関係だ。組織は情報提供者を支援し、協力関係が報われるとわからせるためにあらゆる手をつくす。〝ドレーク〟のメンバーの多大なる成功は、いつどこで攻撃をしかけるべきかを事前に知りえたことにあった。

「なるほど、それは理解できます」クルダン・ヤルスが応じた。「で、第二の質問については？」

「答えはかんたんだ。その商人はただの運び屋にすぎない。つまり、情報の内容を知らないということ。第三の質問について、わたしの情報提供者は家族ともども惑星チョカで暮らしている。〝道〟を憎み、可能であればすぐにでも反旗をひるがえすだろう。ただし、チョカのほかの住民同様、その者も無力だ。勤務先は旧修道院内のコンピュータ・センター。職務を通じて情報を得ているようだ」

「ならば、その者は危険を冒さずにわれわれに情報を知らせる方法を見つけるしかありませんね」クルダン・ヤルスが指摘した。

「おりこうさんね」と、エルヴァ・モラン。「もう、すべてわかったかしら？」

「まださ」通信技師が答えた。「相手を危険にさらすことなく、どうやって近づこうというのか」

「それは、まだわからない」レノ・ヤンティルが応じた。「チョカはほかに類をみない惑星だ。人命がまったく尊重されない社会なのだから」

「そのとおりよ」エルヴァ・モランが確認した。「〝道〟のメンバーにとって有効なのは、ただ組織の法のみ。たとえば、だれかじゃまな者がいる場合、該当セクションのリーダーに申したてさえすれば、相手を死刑にすることができる。チョカのほとんどの住民はだれが〝道〟に所属しているかを知らないから、行動を制約されるの。隣人を挑発してはならない。その者は〝道〟の一員で、暗殺命令の実行者かもしれないのだから！」

「それは、われわれがチョカを訪れても同じということか？」ペドラス・フォッホが訊いた。

「わたしたちにも該当します」エルヴァ・モランが肯定した。「チョカを訪れることは、運命を挑発するようなもの。だからこそ、特務部隊のメンバーには型破りな乗員を推薦したいと思います」

「だれをだ？」レノ・ヤンティルが訊いた。

「オムレ・フィッカラルド、ドニー・ワリー、クルダン・ヤルス、そして情報分析者であり、チョカをよく知るわたし自身です」エルヴァが迷わず答えた。

通信技師は聞こえるほど深く息をつくと、コーヒーをとりに自動供給装置に向かった。まさか、自分の名が呼ばれるとは予想していなかったようだ。

「型破りだと?」男はうめき声をあげた。「なぜ、おれの名を? ここでは唯一、ごくふつうの男なのに」

「〝道〟は、われわれがなにをしにチョカを訪れたのか、じっくり調べるはず」レノ・ヤンティルは通信技師の発言には触れずにいった。「つまり、もっともらしい訪問理由を見つけなければ。着陸後、われわれはつねに監視され、滞在理由にふさわしい行動をしているか、チェックされるだろう」

「まったくそのとおりです」情報分析者が肯定した。「こっそり着陸できれば、わたしたちの状況はずっとよくなります。とはいえ、それは不可能というもの。〝道〟はチョカのすべてを監視しているから」

「〝道〟とは実際、どのような組織なんだ?」クルダン・ヤルスが訊いた。「ギャング組織だと聞いたが。どのような活動をしているんだ?」

エルヴァ・モランはシントロニクスのボタンをいくつか押しこみ、必要なデータを呼びだした。

「〝道〟はいくつかの下部組織にわかれています。麻薬取引組織の〝希望の道〟、売春組織の〝恋人たちの道〟、上納金を徴収する〝忠誠の道〟、おもに情報取引を担当し、アルフレッド・バルひきいる〝閉ざされた道〟。そのほか、税金徴収を担当する〝結束の道〟、組織が命じるあらゆる暗殺を実行する〝天国の平和の道〟など。組織の頂点に君臨するのはアルネ・コッセム。みずから〝道案内人〟を名乗っています。チョカにおける最強の男であり、同時に組織の弱点でもある」

クルダン・ヤルスは驚いていった。「なぜ、よりによってボスが弱点なのか？」

「なぜなら、組織のだれもがただひとつの考えに支配されているから。〝道案内人〟をどうやって引きずりおろすか。みずからが組織のトップに立つために」

クルダン・ヤルスはすべてを悟った者のような笑みを浮かべ、

「ならば、われわれ、すぐにでもその問題を解決できそうだな」と、いった。「アルネ・コッセムを狙えばいい」

「そうかんたんにはいかないわ」情報分析者が否定した。「まずは、チョカに着陸するもっともらしい理由を見つけないと。だれか、いい考えがあるかしら？」

クルダン・ヤルスが唇をとがらせ、

「それはもっともたやすい問題だな。エンジンが故障したふりをしよう。《ブルージェイ》を修理させるため、チョカに着陸するのだ」と、告げた。

「残念ながら、それほどかんたんにはいかないわ」エルヴァ・モランは立ちあがり、ハッチに向かった。「その場合、検査官が船に乗りこみ、エンジンを点検するわ。異常が見つからなければ、そこで終わりよ。説得力のあるほんものの不具合を用意しなくちゃ。そして、それは高くつくでしょうよ。その場合、〝道〟はずうずうしくも、こちらの窮地につけこむだろうから。そして、その種の故障があれば、チョカから脱出するのは不可能だわ。それゆえ、なにかべつの手を考えなくては。できれば、なにかわたしたちの得になるような方法を。〝道〟の興味をもっとも引くのは、利益の追求よ」

「つまり、なにかを売る必要があるということか？」ヤルスが訊いた。

「まさにそのとおり」

「だがなにを？　われわれには提供できそうなものなど、なにひとつない」

エルヴァ・モランは笑みを浮かべ、

「ようやく、なにが問題なのかわかったようね」そう告げると、司令室を出ていった。

*

一時間後、一同はエルヴァ・モランのラボで再会した。時間が迫っていた。まもなくセノテ星系に到着する。それまでに、惑星チョカに着陸するためのもっともらしい口実を見つけなければならない。

情報分析者は、シントロニクスの前に陣どり、作業にあたっていた。

「なにかいい考えは浮かんだか？」クルダン・ヤルスが訊いた。その口調とわざとらしい笑顔から、エルヴァが有用な提案をするとはまったく期待していないのは明らかだ。

「もしかしたら」情報分析者はシートを回転させ、男を探るように見つめた。「でも、わたしは出しゃばりたくないの。あなたなら、なにかわたしたちの助けになるような方法がわかるはずだから」

「モジュールだ」通信技師はそう告げ、この言葉が効果を発揮するよう長い間をとった。「〝道〟のようなギャング社会がその手のものを切望しているのはまちがいない。そういった組織にとり、ハイテク製品の入手はたいてい困難だ。《ブルージェイ》からいくつかとりはずせば、いろいろと提供できるだろう」

「〝道〟はモジュールを利用し、恐怖支配を完璧なものにするだろうな」レノ・ヤンティルが異議を唱えた。「組織はすでに、ほかに類をみない監視体制を構築している。もし、その種の技術装置を提供すれば、チョカ住民をこれまで以上に苦しめることになるだろう。ゆえに、その方法は論外だ。われわれ、他者を犠牲にしてまで成功を築こうとは思わない」

「それならそれで」クルダン・ヤルスがぶつぶついう。「いまのは、ただの提案にすぎません」

「ほかに考えがある者は？」船長が訊ね、オムレ・フィツカラルド、ドニー・ワリー、ペドラス・フォッホを順ぐりに見つめた。だれもがかぶりを振ると、レノはエルヴァ・

モランに向きなおった。「きみが最後のたのみの綱だ」

「アルネ・コッセムはだれもが知るように、チョカの絶対的支配者です。この種の社会でそのような地位にのぼりつめるには、多くの者を踏みにじってきたはず。実際、アルネ・コッセムはそうしてきた。怪物ともいわれています。そのような人間にも弱点がある。コッセムは旧修道院で暮らし、そこで動物と半知性体を複数飼っているとか。持てるかぎりの愛情すべてを注《そそ》いで」

「それは感動的な話だな」クルダン・ヤルスがあざけるようにいった。「で、なぜ、その話をわれわれに？」

「その半知性体のなかにバエリーがいるからよ。その名を聞いたことがあるかしら？」

エルヴァ・モランは〝スリープ〟ことドニー・ワリーを見つめた。驚いたことに、興味津々《きようみしんしん》なようすで耳をかたむけている。寝ていても驚かなかったのに。

「悪いが、初耳だ」スリープが応じた。

「バエリーはきわめて人懐っこく、愛らしい半知性体よ。雄は、まるでふわふわのぬいぐるみのよう。その無数の脚は、長い毛にかくれているの。歩くと、まるでクッションが床を滑るように見えるわ。雌は体長二メートルほど。とてもほっそりしていて、長く白い毛でおおわれているの。そのなかからふたつの大きな黒い目がのぞくのよ。メッゾは、テラの巨大なココナッツのように見えるらしいわ。日中は木の枝にぶらさがって、ほとんど寝てすごすとか。暗闇でのみ、森のなかを移動し、昆虫や小動物を捕獲して食べるの。そのさい、きわめて賢く行動するため、これまで知能がもっとも高いのはメッゾだと考えられてきたわ」

「メッゾ？」スリープが訊いた。「バエリーと、どう関係があるのか？」

エルヴァ・モランは笑みを浮かべた。

「わたしたちはつねに、すべての種にはふたつの性別があると考えているわ。でも、バエリーには三つあるの。雄、雌、そしてメッゾ。三つめの性別よ」

「なるほど。で、どういう役割をする？」クルダン・ヤルスが驚いたようすで訊いた。

「正確な資料はまだないけれど」情報分析者が説明する。「ひとつの理論があるわ。それによれば、雄は精子を、雌は卵をメッゾにわたす。そして、メッゾの体内で受精が進み、子供が育つというわけ」

「興味深い話だな」ペドラス・フォッホが口をひらいた。「でも、それが惑星チョカやアルネ・コッセムとどう関係があるのだ？」

「大いにあります」エルヴァ・モランが答えた。「アルネ・コッセムは、まさにバエリーに夢中とか。ただひとつ問題があります。ボスも部下たちも、まだメッゾを入手できない。だから、コッセムのバエリーは増えないのです」

「なるほど」スリープが応じた。「つまり、われわれがやつにメッゾを売りつけるわけだな」

「そのとおりよ」

「かんたんではなさそうだな……そうだろう？」スリープがにやりとしていった。

「ええ、かんたんではないわ」女が肯定する。「かんたんなら、コッセムはすでに入手しているでしょうから」

「で、問題は？」クルダン・ヤルスが訊いた。

「近づくことができないの。メッゾはテレパシー能力をそなえているから。人が近づけば、逃げる。シントロニクス考案の罠で捕まえようとしても、むだらしいわ」

「で、なぜ、われわれならメッゾを捕まえることができると？」レノ・ヤンティルが訊いた。

エルヴァ・モランは、スリープに向かってほほえみ、

「わたしたちには、スリープがいるから」と、説明した。「かれは立ったまま、目を開けて眠るという特殊能力に恵まれています。もちろんメッゾは、ドニーが近づけば気づくでしょう。それでもテレパシーで探り、相手が眠りについたことを確認する。きっと、スリープを無害と判断するにちがいありません。それにより、完璧な奇襲のチャンスが訪れます。メッゾは好奇心から近づいてくるでしょう。ドニーを間近で観察するためにね。なぜなら、バエリーは例外なく好奇心旺盛だから！　スリープが充分に辛抱強く待

てば、メッゾをとらえることができます。捕獲用ネットを用意しましょう」

「で、バエリーはどこにいる？」スリープが訊いた。

「すでに、まっすぐそこに向かっているの」エルヴァ・モランが応じた。「バトレアンズ星系よ。惑星チョカからおよそ七十光年しかはなれていないわ。それもチョカに向かう途中にあるの。バエリーは、第二惑星の南半球にいるらしいわ。惑星に大陸はひとつだけ。その大陸の熱帯地域にバエリーが棲息しているの」

クルダン・ヤルスは笑いながらかぶりを振った。そうかんたんに自分はだまされないといわんばかりだ。

「おれをそこにいかせてくれ。きみたちがほしいだけメッゾを連れてきてやる」

「あら、本当に？」エルヴァ・モランが訊いた。「で、どうやって連れてくるつもりなの？」

「まったくかんたんさ。パラライザーで、ジャングル一帯の動物すべてを麻痺させる。そのあと、ただメッゾをかきあつめればいい」

「すごいわね」情報分析者が応じた。「たしかに、それならもっともかんたんにメッゾを捕まえられるわ」

「ならば、なぜそうしない？」ヤルスは見くだすようにエルヴァを見つめた。

「そうすれば、メッゾがすべて死んでしまうからよ」女が告げた。「メッゾは麻痺ビームに耐えられないの。まだ、いっていなかったかしら？」

クルダン・ヤルスが悪態をつき、

「おれを笑い者にするつもりか」と、怒りをあらわに抗議した。

＊

スリープは、《ブルージェイ》の着陸艇をはなれたのち、振りかえることはなかった。戦闘服の飛翔装置を作動させ、数メートル上昇すると、強い南西風に乗ってサバンナを浮遊する。

一行は数分前、大陸の海岸に着陸したばかりだ。赤外線探知により、ジャングルには生命があふれているとわかった。望遠カメラで、数えきれないほどのバエリーを見つけたが、雄と雌ばかりで、メッゾの姿はない。

スリープは思った。われわれ人間の場合は、こうでなくてよかった。どちらを愛すべきか、よくわからなくなるから。女性か、それとも中性か。

スリープは数回深呼吸し、その問題についてもうこれ以上考えないことにした。

ヘルメット・ヴァイザーは開けたものの、念のため、口と鼻はフィルターでおおっていた。空気、土壌、水質の自動調査によれば、危険な微生物は発見されていない。それでも、サバンナと周辺ジャングルの植物は、不快な香りをはなつ。それで、フィルターをつけたのだ。

無数の槍形のアシが、サバンナの草原から数メートルほどつきだしている。褐色のせいか、枯れているように見えた。点在する木々の上には、黄色に輝く目で見つめる縞《しま》模様の肉食猫がいた。攻撃をしかける気にさせないよう、ドニーは大きく弧を描いてこれを避ける。

ジャングルのはずれに到達すると、着地し、歩いてみることにした。温かく湿った空気に、汗が吹きでる。風はもう感じられない。驚いた動物たちの叫び声が森に響く。近くの藪から、色鮮やかな鳥たちが羽ばたき、飛びさった。雌のバエリーを数体見つけた。大きな黒い目で好奇心旺盛にこちらを見つめている。甲高い警告の声をあげるものもいれば、メロディアスな歌に耽るものもいた。男の出現によって、かき乱されることはなさそうだ。

メッゾの姿は見あたらない。

スリープは、幹の直径が数メートルもある木にたどりつくと、そこで立ちどまった。頭上では、バエリー数体が枝をつたい、駆けめぐっている。男は幹にもたれかかり、その瞬間、眠りに落ちた。目は開いたまま、呼吸はしずかで均一だ。周囲のなにも感じない。筋肉がゆるんだ。本当なら地面に沈みこむはずだが、膝は折れず、頭もだらりとさがることはない。武器シントロニカーのことを知らなければ、深い眠りについたとはだれも思わないだろう。

まだらの肉食猫一匹が、音もなく枝の上を近づいてくる。武器シントロニカーから三メートルもはなれていないところで、動きがとまった。

スリープが目をさましたのだ。まぶたがぴくりとし、猫はうなり声をあげて逃げさった。そのまま藪に消える。たちまち、男はふたたび深い眠りに落ちた。

その姿勢のまま、半時間ほど経過。男の目の前から逃げたバエリー数体がもどってきた。好奇心旺盛なようすで近づいてくる。雌と雄ばかりだ。男はなんの反応もしめさない。頭の大きさほどのメッゾ一体が枝をつたいのぼってくると、ようやく男の目に生気がもどった。とはいえ、まばたきせず、同じ姿勢をたもったままだ。だれも男がもう眠っていないと気づくことはない。

脚がすこし痛んだが、その痛みを追いはらうことは比較的容易だった。ほんのすこしの自己暗示で充分だ。男はこの方法を、自分のからだの不平不満を無視する手段を、ほかのだれよりも熟知していた。

男は、ふたたび眠りに落ちた。バエリーはさらに安心しきったようすで、好奇心から近づいてくる。半知性体は、目の前にいるのが何者なのか知りたくてたまらないようだ。ロボットに近づくことはけっしてない。そのような人工物に対する本能的な恐れに引きとめられるから。さらにメッゾ数体が緑のジャングルからあらわれ、徐々に近づいてくる。

スリープは目をさまし、状況を認識した。メッゾは男の思考をとらえて驚き、後退する。男はすぐに眠りに落ち、メッゾが恐れを感じない存在となった。ふたたび、男に近づいてくる。さながら枝からぶらさがる巨大なココナッツのようだ。黒い腕は長く、まるで触手のようにしなやかそうだ。

ふたたび、スリープの目が生気をおび、男は驚くほどのすばやさで反応した。メッゾは男の思考をとらえ、叫び声をあげたが、すでに遅すぎた。逃げだせないうちにネットがメッゾの上に落ち、捕獲される。武器シントロニカーはネットを引きよせ、さらに力をこめると、メッゾを枝から引きはなした。ネットには五体がとらえられていた。

スリープは笑い、

「エルヴァ・モラン、きみはまんざら頭が弱いわけでもないな」と、声にだしていった。「いずれにせよ、たいした計画だったよ」

頭上の枝のあいだでざわめきが起こり、バエリー数十体が地面に飛びおりてきた。枯れた枝をひろいあげると、怒りにまかせて男に打ちつける。バエリーは男にしがみつき、防護服に嚙みつき、顔からフィルターを引きはがした。

驚いたスリープは、反重力装置のスイッチを入れ、上空へ逃れた。メッゾをとらえたネットをしっかりと握りしめながら、葉のあいだを突きぬけ、外に飛びだす。

安堵の息をつき、周囲を見まわした。どうやら、脱出に成功したようだ。

「やったぞ」マイクロフォンに向かって叫ぶ。「シャンパンを冷蔵庫から出しておいて。捕まえたよ」

「急いで」エルヴァ・モランが驚くほど鋭い声で応じた。「スピードをあげるのよ。一秒たりともむだにできないの。先に搭載艇をスタートさせるから、なかに跳びこんで」

「なぜだ?」スリープは驚いたようすで訊いた。

「いいから、急いで」女が急《せ》かす。

スリープは茫然とし、《ホタル》が上昇し、加速するのを見つめた。着陸艇に追いつくには、本気で急がなければ。そう理解し、反重力装置の出力を最大限にした。

ここで、ようやく理解する!

サバンナに無数に存在する槍形のアシから、炎のように赤いなにかが跳びだしてきた。何百万もの微小な飛行昆虫が、こちらに向かって突進してくる。着陸艇に乗りこむために全力をつくさなければ、追いつかれるだろう。自分は戦闘服で守られている。ヴァイザーを閉じれば、昆虫たちはなにもできない。それでもメッヅは殺され、作戦自体がだいなしになるだろう。

「なんてこった。それならそうと、早く教えてくれなきゃ」スリープは、着陸艇に向かいながらそう叫んだ。すでに開いているエアロックが見えたが、昆虫の恐ろしい羽音も聞こえた。羽音はますます近づいてくる。振りかえる勇気はない。着陸艇に向かって必死に飛ぶ。いつのまにか、すでに高度千メートルに達していた。最後の力を振りしぼる。エアロックを慎重に通過する時間はもうない。エアロック室に跳びこみ、内側ハッチに激突する。背後で、外側ハッチが音を立てながら閉まった。

スリープが衝撃から回復するのに、数秒かかった。それから、数回ほど自転し、恐る恐る周囲を見まわしたが、昆虫の姿はない。安堵の息をついた。

そして、貴重な獲物を見つめる。

メッゾはいずれも、長く黒い腕をたがいに絡みあわせていた。まるで閉じられたつみのようだ。そこから、ちいさな悲鳴のようなものが聞こえる。

「自分がたいしたやつだとはまったく思えないな」内側ハッチが開くと、スリープはいった。

「万事うまくいったわ」エルヴァ・モランが友をなぐさめようとした。

スリープが立ちあがり、

「くそったれ」と、怒りを爆発させた。「きみは完全になにが起きるかを知っていた。なぜ、わたしにその対策をさせなかったのか?」

「もちろん、知っていたわ」女は平然と認めた。「だからこそ、あなたに教えなかったのよ」

「なぜだ、くそっ！」男は女に向かって叫んだ。そして女の肩をつかみ、揺さぶる。

「いってみろ！」

「ごくかんたんなことよ」女が応じた。「シントロニクスが結論づけたの。メッゾを無傷で捕獲し、連れてくるのにどれだけの運が必要かをあなたが知ったなら、まず作戦には参加しないと。それに、あなたをほんのすこし急かすには、背後から迫る恐怖が必要だった」

「まったく、人を恐がらせるにもほどがある」スリープはうめいた。「わたしがなにをするか、きみは本人よりもよく知っていたわけだ。ならば、チョカでなにが起きるのかも、もうわかっているにちがいないな」

「そうかもしれないわね」女が笑みを浮かべながら答えた。

3

「うまくいきっこない」クルダン・ヤルスがいった。興奮のあまり、顔が真っ赤だ。手を伸ばすと、情報分析者の目の前で拒絶するように振った。「スリープのような目に遭いたいと、おれが思っているとでも？」

通信技師は、レノ・ヤンティル、〝フィッツ〟ことオムレ・フィッツカラルド、エルヴァ・モラン、〝スリープ〟ことドニー・ワリーとともに、《ブルージェイ》の司令室にいた。モニターのひとつに、スリープがとらえたメッゾ五体がうつしだされている。檻《おり》の格子柵《こうしさく》に、まるで熟れた果物のようにぶらさがっていた。捕獲された直後は元気がなかったが、すでに回復している。

エルヴァ・モランは笑みを浮かべて通信技師を見つめ、

「なんでそんなに怒っているのか、わからないわ」と、応じた。

「いいから、聞いてくれ」男は怒りをあらわにいった。「きみはスリープの出動を計画した。すでにわれわれも知るとおり、きみは友の一挙一動をその奇妙なカオス・ジェネレーターとやらで事前に計算していた。無限の可能性のなかから、スリープが選ぶであろうものを選《よ》りぬいて、思うつぼにはめたんだ」

「ばかげてるわ」女は否定した。「それよりも実際、すべてを教えなかったことで、わたしは友を救ったのよ」

「でもって、まさにチョカでもきみは同じことをするだろうな」通信技師が非難がましくいった。「だが、こんどは事情がすこしちがってくる。そこにいるのはただの小物ではなく、有能な暗殺者組織なのだから。ごくちいさなミスが命とりとなりかねない」

「そのとおりよ」女は平然と肯定した。「チョカでは、そうかんたんにはいかない。でもこの任務には価値がある。ほしい情報を入手できれば、わたしたち、ほぼ完全に名誉を回復できるわ」

「だが、死んじまったら、もとも子もないんだぞ」クルダン・ヤルスがどなりつけた。「チョカにいくなら、きみがどのような計画を立てているのかを知りたい。おれは、たんなる将棋の駒じゃない。ただ転がされるだけの存在じゃないんだ」

「だれのことも駒だとは思っていないわ」エルヴァ・モランが説明する。「ただ、わたしたち自身を守って、あらゆる危険にそなえようとしているだけ。そのためには、いつもすべてをみんなに伝えるわけにはいかないのよ。でも、チョカについていえば安心していいわ。これまでの計算では、みんなになにかかくす必要がある状況には一度も出くわさないはずだから」

「そうかんたんには信じられないな」クルダン・ヤルスがそう告げ、スリープに向きなおる。「きみもなにかいえよ！」

通信技師は武器シントロニカーを見つめ、いまいましそうに唇を嚙みしめた。スリープは壁に背をもたせかけ、肩をまるめていた。完全にリラックスした状態で腕がぶらりと垂れさがっている。目がうつろだ。疑いの余地はない。スリープは眠っていた。

「あとは、いびきをかきはじめるだけだな」フィッツが嘆いた。「本当にこいつを連れていかなきゃだめなのか？　ギャングのボス、アルネ・コッセムは、スリープが目の前で眠りこんだら発狂するかもしれないぞ」

「逆だわ！」情報分析者がむきになっていう。「コッセムを油断させるでしょうよ。自分の目の前で眠りこむ相手以上に、無害な者はいない。そう考えるはず。スリープはアルネ・コッセムの注意をそらすにちがいないわ」

「知れば知るほど、きみは恐ろしいやつだな」クルダン・ヤルスが認めた。

＊

ペリー・ローダンは、大マゼラン星雲における体験と時間旅行についてくわしく話してきかせるため、友たちを呼びよせていた。

《シマロン》はフェニックス＝1に搭載艇一隻を派遣していた。そこではニッキ・フリッケルひきいる《ソロン》が、銀河系船団の最後の一隻がもどってくるまで待機する。女船長は、到着する宇宙船をただちに自由商人の惑星に案内する役目をになっていた。まず、数日内の到着が期待されるのは《ハルタ》と《ハーモニー》だ。

ロワ・ダントンは、さんざんじらしたあと、アトランに自分の正体を明かし、ジェフリー・アベル・ワリンジャーの遺産について語った。それはクロノパルス壁を局所的に通過可能にする装置だ。ただし……そして、これこそが難題だが……それは未完成でさらなる開発が必要だった。

ワリンジャーは問題解決の手引きをのこしたものの、すべての障害をとりはらうには時間がたりなかったようだ。

ロワ・ダントンがその遺産を受けとったのは、ごく最近のこと。これまで、ローダンの息子にはこれにとりくむ時間がなく、その課題を引きうける専門家もいなかった。

「自由商人のなかには一流の技師が充分にいる」ローダンが告げた。「とはいえ、この場合、理論と実践の両方に精通した科学者が必要だな」

その装置は、惑星地下の宇宙港エリアの厳重に警備された保管庫におさめられていた。これまでそこに入室を許されたのは、ロワ・ダントンとロナルド・テケナーのみ。ワリンジャーはその装置を〝パルス・コンヴァーター〟と呼んでいた。

情報を交換したのち、ローダンと側近はパルス・コンヴァーターを見にいった。保管庫には一連のモジュールがならぶ。未知の技術のようだ。なんらかの方法でたがいにつながっていた。

ペリー・ローダンは、義理の息子でもあった友ジェフリー・アベル・ワリンジャーの遺産を見ても、ほとんどなにもいわない。ふたたび、ともにすごした長い歳月に思いをはせていたのだ。これまでワリンジャーが人類の運命にどれほど貢献してきたことか。あらためて気づかされた。

友がもたらした科学的進歩と技術により、解決不可能と考えられていた多くの問題を解決し、克服困難と見なされていた多くの障害を人類が克服するのを助けたのだ。

「すぐに作業にとりかかります」アンブッシュ・サトーの声で、ローダンはもの思いから現実に引きもどされた。「急ぎますが、いつ完成するかはわかりません。それに、完成するかどうかも」

ローダンはただうなずくだけ。踵《きびす》を返すと、外に出ていった。

＊

「もう一度いうわ」エルヴァ・モランが告げた。「チョカに着陸し、宇宙港を出ていこうとすれば、徹底的に調べられるでしょうね。高い料金を支払ってあたえられた服に着替えなければならないわ。もちろん、それは役にたたず、せいぜい一日で着られなくなってしまうでしょうよ。そしたら、また新しい服を買わなければならない。それによって、地元の織物産業を強制的に支援させられるというしくみよ」

《ブルージェイ》が惑星チョカに近づいていく。搭載艇《ホタル》は二時間後、主要三都市のうち最大都市タイロン付近に着陸する予定だ。《ブルージェイ》は念のため、惑星からはなれたポイントで待機する。

「滞在目的を訊かれるはず」情報分析者がつづけた。「そしたら、わたしたちはアルネ・コッセムに会いたい旨を告げ、提案をする。ここからが肝心よ。アルネ・コッセムはわたしたちの話をまったく信じないでしょうから。メッゾを買いとろうとは考えず、奪おうとするでしょう。そのほうがかえって都合がいいわ。ボスの注意がすべてメッゾに注がれるから。そうなれば、隙が生じるはず。それこそ、わたしたちに必要なもの。重要なのはメッゾではなく、情報よ。それを忘れないで」

「くわしく説明してくれ」クルダン・ヤルスが迫った。「すべて計算ずみなのだろう？」

「わたしたちが成功することは予測できているわ」女は冷静に応じた。「でも、いまいえるのはそれだけ。出来ごとの進行をそれぞれ予測するには、もっと多くの情報が必要なの」

クルダン・ヤルスがにやりとし、

「そういうと思った」と、告げた。

エルヴァ・モランはテーブルの上にひろげたメモを平然と見つめ、

「わたしたち、旧修道院を訪ね、コッセムと交渉するのよ」と、つけくわえた。「そこで問題が起きるかもしれないけれど、それについてはなにもいえないわ」

「なぜだ?」通信技師が訊いた。

「アルネ・コッセムの側近の数も、かれらの性格についてもなにもわからないからよ」

エルヴァ・モランは笑みを浮かべながらシートにもたれた。自信たっぷりだ。すでに手はつくした。特務部隊のメンバー編成は最適なはず。

フィッツはまさに発明の天才であり、必要とあらば《ブルージェイ》に救援要請するための通信装置をすぐに組みたてられるだろう。

スリープは、どんな状況にも対応できる優秀な武器シントロニカーだ。すばやく武器を調達してくれるはず。いつでも立ったまま眠ることができる特技は、敵を混乱させ、特務部隊にとって非常に有利に働くだろう。

クルダン・ヤルスは通信技師としてとりわけ優秀なスペシャリストだ。アルネ・コッセムとその側近には想像できないほどの。しばしば挑発的な行動によって、重要事項から相手の注意をそらすことができる。これは、この特殊ケースにおいて非常に有益かもしれない。

エルヴァ・モラン自身も情報分析者かつカオス研究者であり、事態の展開を思いどおりに誘導できる。すでになにが重要かを把握し、しかるべき準備をととのえていた。

女はレノ・ヤンティルを見つめ、ほんのわずかにうなずき、成功を確信していることを伝えた。

「最後にもうひとつ」クルダン・ヤルスが告げた。

「いってくれ」船長がうながす。

「なぜ、あなたもペドラスもいっしょにいかないのですか、レノ？」通信技師が訊いた。

「それは、わたしが説明できるわ」エルヴァ・モランがいった。

通信技師は、いらついたようすでうめき声をあげ、

「その必要はない」と、いった。「レノにも口があるのだから」

「いいだろう」レノ・ヤンティルが応じた。「エルヴァは、まずアルネ・コッセムがきみたちと直接連絡をとるかわりに、ウルラト・モマスをよこすと確信している。〝星の道〟、つまり宇宙航行管制局の局長だ」

「なるほど……で？」クルダン・ヤルスがいぶかしげにいった。「そのモマスとやらが、なんだというのです？」

「ペドラス・フォッホとわたしは、以前からその男と顔見知りなのだ」ヤンティルが打

ちあけた。「ずいぶん昔の話だが。当時は立派な男だった。ところがその後、ギャング組織にくわわったらしい。われわれふたりがモマスに出くわせば、計画は失敗に終わるだろう。全員の命を危険にさらしかねない。モマスは、メッゾの取引がこちらの真の目的ではないと、すぐに気づくだろうから」

「わかりました」通信技師が告げた。「くれぐれも、ふたりは顔を見せないでください」

＊

最大都市タイロンの出入国窓口には、ずんぐりした男がすわっていた。黒い縮れ毛に、明るく輝くグリーンの目。一行が身分証明書を提出すると、人のよさそうな笑みを浮かべ、

「チョカにはなにをしに？」と、さり気なく訊いた。実際、興味もなさそうだ。

「メッゾよ」エルヴァ・モランは震える声で答えた。顔が赤くなったり、青ざめたりしている。窓口担当から視線をはずすことができないようだ。「メッゾを捕まえたの。それをアルネ・コッセムに買いとってもらいたいのよ」

男は女に向きなおった。唇に笑みを浮かべている。相手の目にどううつるか、正確にわかっているようだ。

「メッゾを?」男は驚いていった。「本当に?」

「ええ、何体か捕まえたの」情報分析者が説明する。髪をかきあげようと額に手を滑らせるが、そうするには髪が短すぎた。

「おい、どうした?」クルダン・ヤルスが訊いた。「なんで、そんなにおちつかない?」

「わたしにもわからないの」女は困惑し、ため息をついた。

「ま、いいさ」窓口係員はそう告げ、四名の身分証に入国コードを付与すると、ふたつのドアをさししめした。「男性は右側へ」

そして、シートから立ちあがると、窓口のガラスが不透明になった。

「まさか、あいつに惚れたんじゃないだろうな?」ドアに近づきながら、クルダン・ヤルスがささやいた。

「ばかなこといわないで」エルヴァ・モランがつぶやき、顔を赤らめた。女は足早に、左のドアに消えた。室内で固定ロボットに出迎えられる。ロボットは単調な声で、服を着替えるよう指示した。

「着陸艇にもどるさい、所有物は返却されます」ロボットが伝えてくる。

エルヴァは服を脱ぎながら、まったく聞いていなかった。

予期せぬことが起きたのだ。カオス・コンピュータが考慮しなかった出来ごとに直面した。まるで稲妻が直撃したかのようだ。あの窓口担当は、なんと魅力的なのか。あの男は、エルヴァがしっかり制御していたはずの感情を呼びおこしたのだ。

クルダン・ヤルスのいうとおりだ。

ばかな！　自分にいいきかせる。あの男はわたしとはなんの関係もない。かれに気をとられたら、計画全体が危険にさらされ、すべての計算がだいなしになる。まったくあらたな展開となり、完全に異なる結末が訪れるだろう。冷静にならなければ！

自制心に呼びかけたところで、なんの助けにもならない。自分の計算すべてがもうあてにならないとわかる。もしかしたら、あのグリーンの目を持つ男には二度と会えないかもしれない。だが、それはどうでもいい。自分のこの反応だけでも、すでになにかがちがう。かくしカメラによって監視されていることは知っていた。着替えるようすをだれかに見られているとしても気にならない。許せないのは、かくれた監視者が自分の態度から、カオス・シントロニクスによる計算とは異なる結果を導きだすことだ。

鮮やかなイエローのコンビネーションに着替え、部屋を出た。幅広の真っ赤なベルトに、同じく真っ赤なハーフ・ブーツ。このいでたちでは、遠くからでも新参者とわかるはず。

オムレ・フィツカラルド、クルダン・ヤルス、ドニー・ワリーがすでに待っていた。男たちも同じく目だつ服装だ。携行を許されたのは身分証明書と、現金のみ。チョカでは現金なしでは動けないから。

「ポケット・ティッシュさえ、持ちこめないとは」クルダン・ヤルスが嘆いた。

一行は部屋を反対側から出て、屋外につづく通廊に入った。

「これで襲われでもしたら、現金もなくなるさ」オムレがいった。「ここでなにをぼさっとしている？　早くホテルを探さないと」

外に出ると、そこは駐機場だった。五十機ほどの反重力グライダーがならぶ。男数名が木陰で立ち話をしていた。黒いスーツに、イエローに輝く帽子。太ももには小型ブラスターをさげている。

宇宙港はサバンナのような高原にあった。ここから、はるか遠くまで見わたせる。恒星は青空高く輝き、見晴らし良好だ。宇宙港から五十キロほどはなれた場所にある大都市タイロンまでよく見える。家のほとんどが白く、まるで平原にちりばめられているかのようだ。

町の向こうには巨大な円錐形の山がそびえたつ。その頂上に、黒い建物が脅かすように鎮座していた。アルネ・コッセムが住む旧修道院だ。

「いくわよ」エルヴァ・モランが、頭上五メートルほどの高さに浮かぶディスクに目をやりながらいった。「グライダーを借りて、町に向かうのよ」

ディスクはスペース＝ジェットに似ていなくもない。それは、さまざまな武器システムをそなえたロボットで、これにより、チョカの情報をつかさどる〝閉ざされた道〟に監視されるのだ。

町から反重力グライダーが近づいてくる。駐機場に到着すると、女がひとり降りてきた。恒星光に目を細め、笑みを浮かべながら長いブロンドの髪をととのえようと頭を振っている。すると女は、あのずんぐりした窓口係員に向かって歩いていった。男はたったいま、宇宙港の建物から出てきたところだ。女は男をこわごわ見つめた。男は顔色ひとつ変えない。女の笑みがぎこちなくなる。

「ジャイ」女はいった。「あなたを迎えにきたのよ」

係員は木の下にいる男たちに合図を送った。そのうちのひとりが、武器を抜く。ブロンドの女は驚いて、悲鳴をあげた。逃げようとするが、数歩しか進めない。そこで、致命的エネルギー・ビームが命中した。

係員は、顔色ひとつ変えずにグライダーに乗りこみ、飛びさった。殺し屋たちは木の下で立ったまま、なにごともなかったかのように会話をつづけている。宇宙港の建物から、女の死体をかたづけるためにロボット一体が出てきた。

「ここをはなれよう」オムレ・フィツカラルドがささやいた。

4

そのホテルは、都市タイロンの中心部に位置していた。バンガロー四十棟からなる複合体で、それぞれガラスの通廊で結ばれている。受付ロボットにいわれたとおり、エルヴァ・モランと《ブルージェイ》の男三名は、バンガロー四棟を借りた。とはいえ、ひとまず情報分析者のバンガローに全員集まる。そこからクルダン・ヤルスが、アルネ・コッセムのオフィスを呼びだした。黒髪の男性秘書が応答する。その額は、輝くダイヤモンドの粉におおわれていた。

「いい話がある」通信技師が告げた。「メッゾ五体を入手した」

秘書は画面ごしに蔑《さげす》むように四名を見つめながら、

「なるほど……で？」と、訊いた。「それにだれが興味があると？」

クルダン・ヤルスは表情を崩さずに、

「それは、こちらの問題ではない」と、答えた。「きみなら、だれか見つけられるかもしれないな。われわれは、終日チョカにとどまるつもりだ。きっかり二十三時間後に出発し、二度ともどってこない」

そう告げ、通信を切ろうとしたが、最後の瞬間になにかを思いついたかのようにためらい、

「ああ、そうだ」と、つけくわえる。「もちろん、メッゾもいっしょに」

そして、通信を切った。

エルヴァ・モランは賛同するようにクルダンに向かってうなずいたが、なにもいわない。だれもが知っていた。つねに監視され、盗聴されているのだ。

「出かけよう」〝フィッ〟ことオムレ・フィッカラルドが提案した。「いいかげん、新しい服を買いにいかなきゃ」

四名はバンガローをあとにすると、ホテルの中庭を横ぎり、にぎやかな通りに出た。たくさんの人々が二階建て建物のあいだをいきかう。そのほとんどが、買ったばかりの商品を入れた反重力カートを押していた。商売繁盛だ。

〝スリープ〟ことドニー・ワリーは、けだるそうに空を見あげた。人々の頭上を数ダースのディスクが飛びかう。だれも、監視の目を逃れずにはいられないだろう。

スリープはこれまでどおり、冷静でいようとつとめた。宇宙港で目撃した殺人事件に、自分で認めるよりも深くショックを受けていたが。なによりも動揺させられたのは、殺された女に対するあの係員の無関心さだ。

殺し屋たちは任務遂行後、その場にのこった。そして、平然と会話をつづけていた。だれからも罰せられることはないと確信しているから。

エルヴァ・モランはおちつかないようだ。スリープには、友ががっかりしたのと同時に驚いているのがわかる。当初、あれほど魅力的に思えたずんぐりした男に、友が心惹かれることはもうないだろう。

「向こうのほうに、なにか着るものがありそうだ」フィッツがいった。監視ディスクに気づいていないようだ。髭が伸びた頬をかきながら、にやりとする。「もしかしたら、どこかで美容によさそうなこともできるかもしれない」

「それはまたあとでね」情報分析者がぴしゃりといった。わかっている。フィッツは万一にそなえ、通信装置を組みたてるための材料を探しているのだ。とりわけ必要なポジトロン部品が、美容サロンで見つかると期待しているにちがいない。

ブティックでは、背中をまるめた小柄な男に迎えられた。なにも説明する必要はない。いまの服装がすべてを物語るから。商売熱心な店主は、いろいろな服を運んできた。客が気にいると思われるものばかりだ。ところが、四名は服を選ぶにはいたらない。目を引くほどの大男が店に入ってきたのだ。グレイのメッシュを入れた巻き毛が肩にかかる。男は、エルヴァ・モランの肩に片手を置き、

「いくらだ？」と、訊いた。

「百万ギャラクス」女は、ためらうことなく答えた。微塵《みじん》も驚いたようすはない。なにが起きているのか、正確にわかっているようだ。女は男の手を肩からはらいのけた。動揺を見せないよう、平然とワンピースの生地を指でなぞる。まるで、生地の手触りをたしかめることが最重要事項であるかのごとく。

男は驚きながら、女を見つめ、

「いまのは聞きまちがえか？」と、訊いてくる。こんがりと日焼けした顔に、深いしわが刻まれていた。印象的なふさふさの太い眉。口角を半月形の口髭がかこむ。

「一体につきよ」女は説明するようにつけくわえた。ワンピースをテーブルにもどし、べつの服を手にとると、鏡の前に立ち、からだにあててチェックする。「五体いるの」

男は唇を細め、

「どうかしているな」と、いった。

女は、最初に店主から勧められたワンピースにふたたび向きなおり、

「いくらかしら？」と、訊いた。

「二ギャラクスです」店主が答えた。

「いいわ。これにするわ」

女は試着室に向かおうとしたが、大男がそれを制した。

スリープは女のそばで柱にもたれかかっている。いまにも、くずおれそうだ。ところ

が突然、足を伸ばした。ブーツの先端が、招かれざる訪問者のくるぶしにあたる。

「だめだよ、巻き毛」スリープが小声でいった。そしてため息をつくと、肩を落とし……非常にめずらしいことに……目を閉じ、眠りに落ちた。

「かれをほうっておいて」エルヴァがいった。「眠ったのよ。わかるでしょ」

「かっかするなよ、巻き毛」クルダン・ヤルスが警告した。「われわれ、そういうのは好きじゃない」

「みなさん、このかたをご存じない？」店主がもごもごいった。「申しわけございません、ウルラト。わたしはかれらとは関係ありません。ただ、この四人が服を買いにぶらりと店に入ってきただけでして。あなたさえよければ、出ていってもらいます」

「あら、こちらがウルラト・モマスなの？」エルヴァ・モランがいい、笑みを浮かべた。

「なるほど、それは知っておくべきね！」

〝星の道〟の局長は、まるでたったいま女がみずから死刑宣告をくだしたかのように相手を見つめている。情報分析者は胸の前で腕を組み、

「それで？」と、極端に驚いたふりをしていう。「わたしはあなたに提案し、あなたは興味がないと答えた。それとも、なにか誤解しているのかしら？」

〝星の道〟局長は思った。このような口の利きかたをされるのは久しぶりだ。人々から尊敬され、恐れられることに慣れていた。ところがいま、目の前に立つ地味なちび女に、

使い走りのようにあつかわれるとは。

男は蒼白になり、片手をジャケットの下に滑りこませると、銃把《じゅうは》に手をかけ、「失敬な女だな」と、脅かすようにいった。

「きみがちがう見かたをしているだけだ」クルダン・ヤルスが口をはさんだ。「実際、われわれはきみの質問に答えただけ。それをボスに伝えるがいい」

まるで、通信技師がウルラト・モマスを使い走りにおとしめることで、最後の一線を踏みこえたかのように見えたこの瞬間、驚いたことに〝星の道〟局長は、冷静さをとりもどした。譲歩するようにうなずき、手をふたたびジャケットの下から出しながら、「ま、いいだろう」と、告げた。「値段を伝えたところで、はたしてアルネが支払うものか」

「ならば、メッゾは手に入らないわ」エルヴァ・モランが平然と応じた。「安価で手ばなすくらいなら、むしろ宇宙に飛ばして、損失計上するほうがましだわ」

「メッゾを殺すつもりか？」ウルラト・モマスが訊いた。驚いたようだ。どうやら、〝道案内人〟のお気にいり生物を殺せる者がいるとは、想像もつかないらしい。

「もちろんよ」情報分析者が答えた。「売れのこりを宇宙に射出し、どこかの恒星に落下させることはよくあるわ」

ウルラト・モマスは信じがたいといわんばかりに、目をしばたたかせた。一瞬、泣きだすのではないかと思われたほど。

「バエリーを殺すなど、だれにもできない」男がどうにか口をひらいた。「あれは商品ではない。アルネがどれほどバエリーを大切にしているか、きみたちにはわかるはず！　きみたちは何者だ？」

　モマスはそう告げると踵を返し、店を出ていった。たちまち、男数名が守るようにモマスをとりかこむ。

「やつを心底動揺させたようだな」フィッツが驚いたようにいい、情報分析者をあざけるように見つめた。「どうすれば、あんな脅かしかたができるんだ？　あの男なら、たぶん自分の娘ですら殺しかねないだろうよ。それでも、バエリーはかれにとり、守るべき命ということだ」

「ウルラトに娘はいません」店主が卑屈にいった。「息子が三人いるだけ」

「だが、それ以外はおれがいったとおりだろう？」

　小男はドアを一瞥した。そこから、監視ディスクが浮遊しながら入ってくる。

「この店でそのような話はやめてください。わたしは〝道〟の忠実なしもべであり、これからもそうです」

　スリープがからだを起こした。あくびをし、伸びをすると、関節が音を立てる。

「この放漫経営の店にまだなにか用があるのか？」と、武器シントロニカー。「服が買える店なら、ほかにいくらでもあるだろうに」

「そのとおりさ」フィッツが同意し、ドアに向かう。監視ディスクの下をくぐるように身をかがめて外に出た。ほかの三人も友につづこうとしたが、がなりたてながら店主があとをついてきた。文字どおりたたき売りのごとく値さげしながら、ひとつ、またひとつと服を勧めてくる。

クルダン・ヤルスは、情報分析者を真剣な表情で見つめた。彼女の計算どおり、アルネ・コッセムが食いついてきた。もっとも、みずからではなく、レノ・ヤンティルが昔から顔なじみというウルラト・モマスを送りこんできたのだ。やはり、船長はこの特務部隊に参加しなくて正解だった。

通りの景色は変わりない。人々は、〝ドレーク〟のメンバーたちに目もくれず、足早に通りすぎていく。頭上では、監視ディスクが行き来するが、だれもそれを見あげることはない。まるで慣れっこのように無関心だった。

「じゃ」フィッツが告げた。「べつの店にいこう。この服を早く脱ぎたくてたまらない。まるでネオンサインにでもなったような気分だ」

「わたしはどうでもいい」スリープが無気力に答えた。「身ぐるみはがされるまで、このままでいいよ」

友はふたたびあくびをすると、うずくまり、そのまま寝いってしまった。ほかの三名はまだ、どこに向かうべきか考えている。

エルヴァ・モランは友をつつき、ふたたび目ざめさせると、

「いまはがまんして」と、告げた。「せめてときどきは、起きていてほしいわ」

女は、監視ディスクを見あげ、

「なにか気づかない？」と、訊いた。「とりわけ、わたしたちに興味があるようね」

監視ディスク七台が近づき、半円をつくった。

「なにか意味があるはずだ」フィッツが叫んだ。「気をつけろ！」

ほとんどいい終えないうちに、巨漢四名が群衆から跳びだし、一行に向かって突進してきた。ナイフを手にしている。エルヴァは頭にパンチを見舞われ、地面に倒れた。そこに男のひとりが跳びかかり、ナイフで心臓をひとつきにしようとする。死を目の前にして、女は口を大きく開けたが、言葉にならない。

突然、男の上に人影が出現。ブーツの先端がナイフを持つ手にあたり、これをわきにそらす。ナイフは心臓をそれ、女の腕に突きささった。男の額に二発目のキックが命中し、巨漢は気を失う。そのまま情報分析者の上に倒れこみ、女はその重みで地面に押しつけられた。重すぎて、自力では逃れることができない。エルヴァは気づいた。スリープが命を救ってくれたのだ。スリープはすでに次の相手と戦っている。ナイフで腰を刺されたようだ。コンビネーションの命中個所がみるみる血で染まっていく。

フィッも負傷していた。それでも敵を倒し、ナイフを奪おうとしている。右袖が手首から肩まで裂けていた。ナイフにやられたのだ。血が腕をつたい、したたり落ちる。

クルダン・ヤルスだけが無傷だった。ダゴル・アタックで攻撃者を打ちのめしたようだ。そして、スリープがひとりで敵を倒せると確信すると、エルヴァのもとにやってきて、不快な状況から解放してくれた。

「あぶなかったな」通信技師は驚いたようすでいった。「やつらは実際、われわれを殺そうとした。きみは知っていたのか？」

「覚悟しないとね」女は答え、立ちあがった。「アルネ・コッセムはなんらかの方法でわたしたちに応えなければならなかった。そして、これがその答えよ」

「それは信じられないな」通信技師が応じた。「われわれを皆殺しにすれば、どうやって取引ができるというのだ」

「いいえ、相手にそのつもりはなかったわ」女は否定し、腕の傷に手をあてた。「だれかひとりでも殺せば、コッセムには冗談が通じないとしめすには充分だったでしょうよ」

女は、監視ディスクを見あげた。いま、ゆっくりと遠ざかっていく。

アルネ・コッセムは、これらのロボットを使って戦況を見守っていたにちがいない。

女は笑みを浮かべながら片手をあげ、監視ディスクに向かって手を振った。

＊

突然、かれらはそこに出現した。かれらがどこからあらわれたのか、見た者はひとりもいない。ヒューマノイド型ロボット五体がまわりをかこみ、武器をこちらに向けている。エルヴァ・モランは両手をあげ、抵抗するつもりがないことをしめした。男三人もこれにならう。

「実際、おれたちは手当てされるのを期待していたのだが」フィッツが甲高い声でいった。その声は、実際よりも男をさらに神経質に見せる。

「逮捕します」ロボットが告げた。ロボットは金属のような光沢のあるプラスティック製だった。パターン化された人工の顔は、厳格で無慈悲に見えた。額には金メッキの〝警察の星〟が輝く。「武器を所持しているなら、ただちに放棄するように」

フィッツはポケットからナイフをとりだすと、それをロボットの足もとに投げつけ、「おれを襲ってけがをさせたならず者から奪ったものだ」と、説明した。

スリープは平然と周囲を見まわした。肩を落とし、けだるそうに両手をあげると、ほかの仲間たちのあいだに立つ。眠りこまないように必死だった。通りにはだれもいない。どうやら、通行人たちは事件に巻きこまれないよう、店舗に避難したようだ。

武器シントロニカーは、エルヴァ・モランがひそかに笑みを浮かべているのに気づいた。事態の進展に、かなり満足そうだ。

グライダーが到着し、ドアが開いた。

「乗りなさい」ロボットが命じた。「むだな面倒をかけないでください。われわれには、やるべきことがたくさんあります」

「ちょっと待て」クルダン・ヤルスが抗議した。怒りのあまり、顔が真っ赤だ。「本当にきみたちは、襲われたのはわれわれで、相手側ではないことに気づかなかったのか？ずっと監視していたくせに。おれたちは被害者であって、襲撃犯じゃないことは見てのとおりだ」

ロボットがヤルスをつかむと、無理矢理、反重力グライダーに投げこんだ。通信技師は叫び声をあげながら、クッションの上に転がりおち、反対側のドアに激突した。

「まだ、なにかいいたいことがある者は？」べつのロボットが訊いた。

「いいえ、だれもいないわ」エルヴァはそう答えると、機体に乗りこみ、クルダン・ヤルスのとなりにすわった。

「このつぐないはかならずさせてやる」通信技師が押し殺した声でいった。大腿部をさすっている。「あやうく、首の骨を折るところだった」

そう告げ、怒りに満ちた目で、目の前にすわるスリープを見つめる。たちまち、寝いったようだ。

「冷静になれ」フィッツがいった。「いまのところ、おれたちにはなにもできやしない」

警察グライダーは、四名を都市のはずれに位置する円形の建物に連行した。ここでまず、診療室にとおされ、医療ロボットによる治療を受ける。その後、スピーカーごしに正方形の部屋にうつるよう命じられた。壁のひとつに大きなスクリーンがある。その画面に黒髪の女があらわれた。一行を見おろすように見つめている。叱責するような厳格な顔だ。髪はまっすぐうしろに向かって梳《す》かれていた。その目はダークブルーの波模様にかこまれ、それが陰鬱《いんうつ》な印象をあたえる。

「クルダン・ヤルス、エルヴァ・モラン、オムレ・フィッツカラルド、ドニー・ワリーだな？」女が断定した。

「そのとおりだ」フィッツが答えた。「まちがいないか？」

「きみたちは、タイロンの善良な市民四名を襲い、打ちのめしたかどで告発された」女が説明する。「武器としてナイフを使ったな。前もって、店で奪ったナイフを」

「それは誤解だ」クルダン・ヤルスが叫んだ。「実際、おれたちは被害者であって、犯人じゃない。しかも、おれたちはナイフを所有していたわけじゃない……」

通信技師はさらなる弁明をやめた。画面から女の姿が消え、かわりにあのブティックがうつしだされたからだ。フィッツから強いられ、店主がナイフ四本を四人に手わたす場面だった。映像がふたたび切りかわる。こんどは、通りで一行が男四名にナイフで襲いかかり、そのうち二名を刺した。

のこりの市民二名は暴漢からナイフを奪いとり、反撃することに成功する。その後、ロボットが駆けつけ、騒ぎをおさめた。

ふたたび、女の顔が画面にあらわれ、

「証拠は見てのとおりだ」と、告げた。「これにより、告発が正当であることは疑う余地がない」

「捏造《ねつぞう》された証拠だ」フィッツが甲高い声で反論した。「感心できる唯一の点は、きみたちのシントロニクスだな。実際、迅速な働きだ。これほど短時間で、そのような出来のいい映像を捏造できるとは、思ってもみなかったよ」

「警告する」女裁判官が告げた。「さらに裁判所を侮辱するような発言があれば、一年間の強制労働の刑に処す」

「おれたち、本当にしたがうべきなのか？」クルダン・ヤルスが怒りをあらわにしながら訊いた。

「まずは待つしかないわね」エルヴァ・モランがなだめるようにいう。

「四件の強盗罪、路上における襲撃罪およびに傷害罪で、全員、チョカにおける四十年間の強制労働の刑に処す」女裁判官が判決をくだした。「刑罰は二十三時間以内に執行される」

「そらみろ」フィッが叫んだ。「ならば、一年増えたところで大差ないな」

「もしくは、五百万ギャラクスの罰金刑に処す」女裁判官がつづけた。

5

クルダン・ヤルスは、おちつかないようすでせまい監房内を歩きまわっていた。その顔はなにかいいたそうだが、判決がくだされてからというもの、ひとことも発していない。

〝スリープ〟ことドニー・ワリーも同じく沈黙をつらぬいていた。とはいえ、エルヴァ・モランは友の発言を期待していない。友はドアのすぐそばの壁にもたれかかり、目を開いたまま眠っていたから。

〝フィッ〟ことオムレ・フィッカラルドは、いつもどおりだった。一瞬たりともじっとしていられないようだ。寝そべり、あるいは椅子に腰かけたかと思えば、ふたたび立ちあがり、急いで窓に近づき、外を眺める。だが、これはすべてかくれ蓑《みの》だった。使えそうなものを物色しているのだ。こちらでは椅子から細いワイヤーをとりだし、向こうでは機能に影響をおよぼさないように留意しながら、スイッチから絶縁体をつくりだす。エルヴァには実際、友がなにをこしらえようとしているのかわからないが、通信装置にちがいない。

そうとりきめてあったから。情報を入手したら、着陸艇までどうにかもどってこの惑星から消えうせるか、あるいはレノ・ヤンティルに連絡し、救出されるのを待つしかない。

判決がくだされてから、すでに三時間が経過した。刻一刻と期限が迫る。アルネ・コッセムは反応を見せるにちがいない。判決は、エルヴァの確信を肯定するもの。〝道案内人〟が食いついてきたのは明らかだ。メッゾがほしくてたまらないのだろう。

罰金の五百万ギャラクスが、その確固たる証拠だ。

「それが、かれらの望むところだろう」クルダン・ヤルスがうなるようにいい、壁を蹴った。「メッゾをわたせば、われわれはみじめなやからにもどり、この惑星を出られる」

「やつらには、まったくわからないだろうな。宇宙船でさまよい、惑星に着陸して、何週間もメッゾを探しまわって捕獲し、死なせないように檻の環境に慣れさせ、ここまで連れてくるのが、どれほど大変なことか」フィッが憤慨したようすでいった。「メッゾにどれだけの労力を費《つい》やしたことか。考えただけでぞっとする。捕獲後数日間は、ショックでメッゾが死ぬかと思った。ようやく回復してくれたとき、おれたち、どれほどよろこんだことか！　なのにいま、このありさまだ！」

壁によりかかっていたスリープが姿勢を正した。その目に生気が宿る。「わたしにとってさらに耐えられないのは、数時間後にはメッゾが死ぬということ」武器シントロニカーがいった。「まもなく期限が訪れるというのに、われわれの決断をだれも訊こうとしない。やつらは時間がまだ充分にあると思っているようだが、実際は秒読みだ」

「そうよ、あなたのいうとおりだわ」情報分析者が同意をしめす。ほかの三名同様、つねに盗聴されているのは承知の上だ。「もうすぐ、わたしたちには選択の余地すらなくなるわ。手遅れになるから」

「期限があまりに短すぎる」クルダン・ヤルスが批判するようにいった。「船長は容赦ないからな。期限が訪れたら、メッゾを殺し、損失計上し、ここにわれわれを置きざりにするだろうよ」

「そういうとりきめよ」エルヴァ・モランがいった。「文句をいわないで。リスクははじめから承知していたはず。かれらは姿を消し、二度と宇宙のこの片隅に姿をあらわすことはないわ」

スリープが、なにかいいたげに口を開けたが、すぐに考えなおし、ふたたび眠りこんだ。

フィッツが情報分析者のとなりに腰をおろす。三人は一瞬、視線を交わした。

一行は、このような状況にそなえていた。最初からわかっている。アルネ・コッセムがそうやすやすとメッゾに五百万ギャラクスを支払うことはない。とはいえ、ある程度、現実的な提案をするには要求額を高く設定するしかなかった。宇宙航行はかなり費用がかかる。そして、チョカの最高〝道案内人〟たる者、バトレアンズ星系における探索がどれほど手間のかかるものか、よく知っているはず。コッセム自身、過去数年間に宇宙船を数回そこまで派遣したが、一度たりともメッゾの捕獲に成功しなかったという。それゆえ、メッゾと引きかえに数千ギャラクスしかもとめなかったら、とうてい信じなかっただろう。

エルヴァ・モランは考えた。アルネ・コッセムは莫大な富を蓄えているはず。惑星チョカはあの男のもので、財政に無制限に介入できる。とはいえ、冒険者たちに五百万ギャラクスもの大金をはらうことは、この男の価値観が許さないのだろう。必要に迫られないかぎり、なにに対しても報酬を支払うことはない。コッセムのような犯罪者はつねに、代金をはらわずに他者からものを奪う方法をまず考えるものだ。

情報分析者であるエルヴァは、アルネ・コッセムの欲望を刺激することに成功し、満足だった。一行はメッゾという、これまで入手不可能だった代物をアルネに提供したのだ。エルヴァは確信していた。この話を持ちかけた瞬間から、〝道案内人〟はメッゾに夢中なはずだ。これで、実際の重要問題から充分に相手の気をそらせるだろう。

ドアが開き、ウルラト・モマスが入ってきた。

「ハロー、巻き毛ちゃん」フィッツがいった。「きみも刑に処せられたのか？」

〝星の道〟局長はハイパー通信スペシャリストをにらんだが、辛辣《しんらつ》な返答はさしひかえたようだ。

「考えてみたか？」モマスが訊いた。

「もちろんよ」エルヴァは答え、椅子にもたれかかると、両手を頭のうしろで楽しげに組んだ。

「そうか……で？」女が言葉をつづけるそぶりを見せないと、男はどなりつけた。

「メッゾは値上がりしたの」女が告げた。「悪いわね。でも、予期せぬ費用が発生したのよ。証拠を捏造した裁判官がいて、そのせいでわたしたち、有罪判決を受けたの。罰金として、その裁判官に五百万ギャラクス支払わないと」

「そのとおりだとも」オムレ・フィッカラルドが甲高い声で肯定した。顔が異様に青ざめている。短い勾留ですでに体力を消耗したようだ。「だから現在、メッゾは五体で一千万ギャラクスもする」

ウルラト・モマスは言葉を失った。その反応でわかる。相手がこう出るとは、思いもしなかったようだ。

「われわれも慈善団体ではないからな」スリープが退屈したようにいった。「ここにきたのは商売をするため。ビジネスでは双方が満足しないとな。さもなければ成立しない。理解したか、それとも、きみにはもうすこしくわしい説明が必要かな？」

ウルラト・モマスは唇をかたく結び、目を細めた。アルネ・コッセムをのぞけば、自分に対してこのような口の利きかたをする者はチョカにはひとりもいないはず。自分に敬意をはらわない者を排除するのには慣れていた。ところがいま、自分をからかう女ひとりと男三人を目の前にして、なにもできない。最高位の〝道案内人〟にかれらが守られているからだ。

「警告しておく」モマスは怒りに震える声でいった。「いい気になるな。もしかしたら取引が成立し、コッセムは代金を支払うかもしれない。かといって、きみたちがぶじにチョカを出られるとはかぎらない。それについては、わたしにも口をさしはさむ権利があるからな」

「やれやれ」スリープがため息をつき、厚い下唇を指先でなでた。「それについては、考えてもみなかった。この底意地の悪いやからがまたもや問題を起こすようなら、費用はさらにかさむだろうよ。すくなくとも多少は利益が出るよう、さらに百万ギャラクス加算してみようか」

ウルラト・モマスは怒りをあらわに踵を返すと、急いで出ていった。その背後で、スライド・ドアが音を立てて閉じる。

《ブルー・ジェイ》乗員四名は、あっぱれなほど自制していた。監視され、盗聴されていることを一瞬たりとも忘れず、演じつづけたのだ。

「あなたが気づいてくれてよかったわ」エルヴァが武器シントロニカーに向かっていった。「たしかに、計画は詳細までよく練られている。通常なら、撤退時にだれもわたしたちをとめられないでしょうよ。とはいえ、費用が相当かさむ可能性もあるわ」

「あのウルラト・モマスとやらは、頭が弱いな」クルダン・ヤルスが興奮ぎみにいった。

「われわれがメッゾを儲けなしに提供するとでも思っているのか？」

＊

一時間あまりが経過した。すると、警官とおぼしきロボットがあらわれ、監房を出るようにうながす。

「どこに連れていくつもりだ？」グライダー駐機場に到着すると、オムレ・フィッカラルドが訊いた。地平線には、深紅の恒星が巨大な火球のごとくきらめく。まもなく、夜の帳《とばり》がおりるだろう。パープルに輝く大きな雲帆《うんぱん》がタイロンの空を通りすぎていく。まるで、風にはためく巨大な正方形の布のようだ。実際、おもにごく薄い二重皮膜からなる飛翔生物だ。雲帆は昆虫の群れにまぎれこみ、網のごとく皮膜を開くと、一度に何千もの昆虫をとらえる。

「〝偉大なる道案内人〟のもとだ」ロボットが告げた。「機体はしかるべくプログラミングされている」

グライダーは四名を乗せてスタートすると、たちまち円錐形の山の先端にある修道院に向かうコースをとった。

エルヴァ・モランと男三人は沈黙を守っていた。だれも、四人が置かれた状況下で感じている緊張を見てとることはできない。任務は決定的段階に入った。レノ・ヤンティルの旧修道院にいるはずの情報提供者とコンタクトをとり、例の情報を入手するチャンスがまもなく訪れるのだ。これで追放処分から解放されるだろう。

男三人は、情報分析者を盗み見た。女は任務のどの段階までを予測しているのか。まだ、なにかかくしているのか。重要な情報をかくしていたのは、もはや明白だ。とはいえ、必要にかられてそうしたことも男たちは知っていた。

だが、宇宙港のずんぐりした係員との出会いがなにかを変えたのか？　そのさい、エルヴァ自身も予期せぬ影響を受けたのではないか？　それにより、彼女の計算は無効になったのか、それとも事態がわずかに異なる方向に展開しただけなのか？

スリープは、ほとんど気づかれないほどわずかな笑みを浮かべた。

確信していた。シントロニクスによる計算というのは、真剣に任務にとりくませ、正しい行動に導くための心理的トリックにすぎない。

クルダン・ヤルスは、一心に窓の外を見つめていた。深く満ちたりた表情を浮かべている。まるで、むずかしい交渉のすえ、有益な合意をとりつけた事業家のようだ。

フィッが興味を引かれているのは、グライダーの技術装置だけのようだ。数秒後にはカメラのレンズを見つけだし、救急箱の絆創膏《ばんそうこう》でそれをおおう。そして、機体の計器盤からたくさんの細かい部品をとりはずすと、コンビネーションのポケットにしのばせた。

一方、情報分析者は都市タイロンにしか興味がないように見えた。おちつかないようすでシートの上でごそごそし、グライダー内のあちこちを見ながら、何度もからだの向きを変えている。まるで、重要なものはひとつも見逃すまいというかのごとく。実際は、まもなく訪れる〝道案内人〟アルネ・コッセムとの面会のみに集中していた。

この惑星の支配者は屈服したのだ。メッゾがほしくてたまらないはず。コッセムはいつまで自身をあざむきとおせるだろうか？

グライダーは細長いふたつの塔のあいだに着陸した。門のアーチの向こうには、花々が咲きほこる庭園がひろがる。まずエルヴァ・モランが機体を降りた。そのまま躊躇《ちゅうちょ》せずに庭に足を踏みいれる。ところがアーチを抜けると、ほとんどなにも見えなくなった。低い恒星の光に目がくらむ。

樹木の枝から、奇妙な歌とさえずりが聞こえてきた。

「バエリーだ」スリープが小声でいった。「ジャングルでも同じ声を聞いたことがある」

肩にかかるほど長い巻き毛の長身の男が近づいてくる。シルエットしか見えないが、ウルラト・モマスだとわかった。

「アルネ・コッセムがきみたちと話したいそうだ」〝星の道〟局長はそう告げ、踵を返すと、一行を案内しながら庭を横ぎっていく。エルヴァと《ブルージェイ》の男三名は、旧修道院施設にはあまり興味がなさそうに、ほんの一瞬だけ周囲を見まわした。自分たちの一挙一動が監視されているのは、承知の上だ。〝道〟のスペシャリストは、この映像を注意深く、くりかえしチェックするだろう。あまりに興味津々に修道院を見てまわっていると判断されれば、それだけで失敗といえる。

アルネ・コッセムは、修道院のはずれにあるガラス張りの部屋で一行を迎えた。そこから、はるかにひろがる大地を見わたせる。それでも、エルヴァと男三人が景色に気をとられることはない。最初に目に入ったのは、〝偉大なる道案内人〟と、そのとなりの魅惑的な美女だった。

アルネ・コッセムは、白い毛皮でおおわれた台座の上に立っていた。そのかたわらには、樹木二本から葉のない枝がそびえる。その上をバエリー数ダースがさえずりながら行き来していた。ふわふわのぬいぐるみのように見える雄と、体長二メートルほどの、長く白い毛だけでできているように見える雌だ。

〝偉大なる道案内人〟は、その名に反し、驚くほど小柄だった。エルヴァは思った。身長は、せいぜい百二十センチメートルくらいか。禿頭《とくとう》で、水色の目がわずかにとびでている。口はいまにもキスをするかのように突きでて見えた。

つかのまの傍観者にとっては、男の出現はけっして感動的とはいえない。ところが、非常に注意深く男を観察したエルヴァ・モラン、ドニー・ワリー、クルダン・ヤルス、オムレ・フィッツカラルドの背筋に悪寒《おかん》がはしった。アルネ・コッセムは怪物だ！

この侏儒《しゅじゅ》のような男のせいで、これまで何千人もの命が奪われた。惨忍な権力で惑星全体を支配し、みずからに対する法はいっさい受けいれない。いつでもどこでも、必要とあらば人命を奪う。人間らしい感情がことごとく欠如しているように見えた。

それでも、バエリーに対しては盲目的愛情を注いでいる！　かれらのためなら、文字どおり、なんでもするつもりだろう。おそらく、かたわらに立つ若い女はべつとして。女は男よりもはるかに背が高い。聡明そうな黒い目に、ふっくらした唇。長い黒髪はほとんど腰までとどく。からだにぴったりした白いドレス。そこから、ダイヤモンドで豪華に飾られた肩があらわに見える。

オムレ・フィッツカラルドは、アルネ・コッセムを目の前にし、恐怖と驚きに慄然とした。まず頭に浮かんだのは、この男を倒さなければならないということ。やがて、その考えを押しもどした。自分たちには明確な使命があり、それを優先しなければならない。

アルネ・コッセムからみずからを解放するのは、チョカに住む人々の課題なのだ。だれも《ブルージェイ》の特務部隊に、理想とはかけはなれた世界の状況を変えるよう、もとめることはできないはず。

クルダン・ヤルスも、オムレ・フィッツカラルドと同じくらい狼狽《ろうばい》していた。悪のオーラを感じ、この任務においてはじめて、チョカを生きて脱出できるかどうか疑問をいだいたもの。

それに対し、ドニー・ワリーは無関心なようだ。ギャングのボスを一瞥したものの、興味をおぼえず……そのまま寝いってしまった。

「かれはどうしたのだ？」コッセムが耳ざわりな声で訊ね、武器シントロニカーをさしめす。

エルヴァ・モランは笑みを浮かべ、

「スリープのことかしら？」と、訊いた。「ええ、かれなら眠ったわ」

「なんと失礼な」〝道案内人〟のかたわらに立つ黒髪の女がいった。

「わたしの目の前で眠りこんだ者は、これまでだれひとりとしていない」コッセムが叫んだ。しわだらけの顔がゆがむ。「起こしたまえ」

「それはむりだわ」エルヴァが答えた。「退屈すると、いつも寝てしまうのよ」

アルネ・コッセムは、まるで衝撃を受けたかのように身を震わせた。そして右側の木の枝に手を伸ばすと、そこから小型エネルギー・ブラスターをとりだす。

スリープがまばたきし、

「どうした？」と、訊ね、深呼吸しながら姿勢を正した。「いいかげん、挨拶は終わったのか？　もう交渉に入ったのか、それともまだむだな前置きと挨拶に貴重な時間を浪費しているのか？」

アルネ・コッセムは銃をさげた。驚きの表情でスリープを見つめ、

「実際、立ったまま眠ることができるのか？」と、訊いた。

「かれのおかげで、メッゾを捕獲できたのよ」エルヴァ・モランが急いでいった。「とりわけ、捕獲後にメッゾが死なないよう気を配ってくれたわ」

〝道案内人〟は、敬意をこめて武器シントロニカーを見つめた。この男を過小評価していたかもしれない。考えこみながら、ブラスターを快適な幅広のジャケットのポケットにしまいこんだ。

「メッゾはいま、どこにいる？」侏儒が訊いた。

「われわれの宇宙船内だ」スリープが応じた。

「《ホタル》のことをいっているのか？」

「もちろん、ちがう。《ホタル》はただの搭載艇にすぎない。母船は、われわれが合意したらやってくる」

「とはいえ、チョカに着陸するわけでも、この美しい惑星を周回するわけでもない」フィッツが説明するようにつけくわえた。

「そうしないだと？　なぜだ？」コッセムが訊いた。

「ごくかんたんなことよ」エルヴァ・モランが冷静に答えた。「生きてチョカを出たいから。宇宙船を危険にさらすことなくね」

アルネ・コッセムは頰に片手をあて、驚いた子供のようなしぐさを見せると、

「わたしを信用できないというのか？」と、叫んだ。

「ひかえめにいえば、そうね」情報分析者が、微塵の恐れもしめさずに答えた。

「ならば、メッゾはいらない」侏儒が主張した。踵を返し、胸の前で腕組みすると、窓から町を眺める。まるで、バエリーに対する関心をまったく失ったかのようだ。

「失礼だわ」黒髪の女がいった。大きな目でエルヴァを見つめる。いまようやく、彼女に気づいたかのごとく。「この者たちを迎えいれるべきではなかった。かれらはクズよ」

「そうだな、きみのいうとおりだ、アロンダ」アルネ・コッセムが応じた。「かれらとは話す価値もない」

「ま、よかろう」フィッツがいった。「ならば、もう失敬しよう」

そう告げ、ドアに向かって歩きだすと、ほかの三名もあとにつづく。

アルネ・コッセムは急に振りむき、「待て！　とまるのだ」と、耳ざわりな裏声で叫んだ。「一歩も動くな。忘れたのか？　きみたちは囚人だ。裁判で有罪判決が出たではないか」

クルダン・ヤルスがふり返ると、「それは思いちがいというもの」と、にやりとしていった。「実際のところ、きみがメッゾを死刑にするのさ。とりきめた期限までにもどらなければ、われわれの船長はメッゾ五体を射出し、恒星に引きわたす。忘れたわけではあるまい」

アルネ・コッセムはスリープを見つめ、かぶりを振りながら、「なんてことだ」と、いった。「こやつ、また寝ているのか！」

実際、武器シントロニカーはおなじみのポーズでドアにもたれかかり、うつろな目であらぬかたを見つめている。口を開けたまま呼吸し、いびきまでかいていた。

「退屈だからよ」エルヴァ・モランが説明した。「あなたがむだなおしゃべりで無関心をよそおってるとしても、かれにはどうでもいいことだから」

「こいつにはときどき、うんざりさせられるが」フィッがつけくわえた。「逆に、われわれに規律を守らせ、任務に専念させるのさ」

アルネ・コッセムは驚いたような反応を見せた。両手を腰にあて、大声で笑いだす。「きみたちみたいなやからは、はじめてだ」侏儒が打ちあけた。「恐れを知らないようだな」

「いいかげん、本題に入らないか?」スリープが訊いた。大きなあくびをしている。

「さもなければ庭に出て、脚を伸ばしてくるよ」

「アルネ・コッセムとわたしだけで交渉できるわ」情報分析者がいった。「それとも、異論があるかしら?」

「いや、われわれふたりだけで充分だ」侏儒が応じ、手をたたいた。「ただし、アロンダもいっしょに。彼女は片時もそばをはなれない。あらゆるビジネスにおいて、助言をしてくれる。彼女ほど賢い者をわたしは知らない。飲み物を用意させよう。なにがいいかな?」

エルヴァ・モランは、どの飲料が自分にとって最適かについて侏儒と議論しはじめた。

一方、スリープ、フィッツ、ヤルスは庭園に出た。恒星はすでに地平線に沈んでいたが、まだあたりは暗くない。修道院の無数のドアから、男女が出てきた。全員、エレガントな水色の制服を着用し、制服にはちいさな雌バエリーのワッペンが見える。それは左胸に目だつようにとりつけられていた。どうやら、この制服の着用者はアルネ・コッセムの側近のようだ。マークの下には、個人名が刺繍されていた。

《ブルージェイ》の男三名は、ちいさな池のほとりにあるベンチに腰をおろした。ときおり、無関心をよそおって制服姿の人々をちらりと見やる。だれもが同じゴールをめざして進んでいた。ベンチ近くの路地だ。

赤毛の男が庭に出てきた。男は池のベンチに近づき、十歩ほどはなれたところで立ちどまると、煙草に火をつけた。そのあとに男カルタン人がつづき、ためらいがちに赤毛のわきを通りすぎた。

「おい、ヘウラト・ゴス、どうした?」男カルタン人が訊いた。「こないのか?」

「もちろん行くとも、メン゠ウォ」赤毛が答えた。「ただ、一服したいだけさ」

「禁煙したらどうだ」男カルタン人が助言した。

ヘウラト・ゴスは数回深呼吸したのち、煙を深く吸いこんだ。そして、吸い殻を投げすてると、《ブルージェイ》の男三名にはわき目も振らずに先を急ぎ、男カルタン人とともに路地に姿を消した。

クルダン・ヤルス、ドニー・ワリー、オムレ・フィッカラルドは、すでに気づいていた。この男に見おぼえがある。《ブルージェイ》で、エルヴァに見せられた情報提供者のホログラムを思いだしたのだ。そこにうつっていたのが、この男だ! 胸のワッペンを確認するまでもない。それにはヘウラト・ゴスという名前が書かれていた。

一瞬、《ブルージェイ》の三名は同じ方向を見つめ、男を見た。その瞬間、三人とも同じ姿勢のまま動かなかった。だれもが驚きをかくせない。それでもすぐに自制をとりもどし、無関心をよそおう。

スリープは心のなかで思った。情報提供者を見つけたのだ！　これで、決定的一歩が踏みだされた。

ほんのすこし、緊張がほぐれた。それを感じ、数回ほど深呼吸する。眠りこまないようにしなければ。

6

ウルラト・モマスは情報センターの奥に置かれたデスクから、女四人がさまざまなシントロニクスで作業するようすを見つめていた。四人の前にはモニター数十台がならび、そのほとんどが庭園のベンチにすわるクルダン・ヤルス、ドニー・ワリー、オムレ・フィツカラルドの姿をうつしだす。ほかのモニターには、建物から出てきた〝道案内人〟の側近が庭園を横ぎっていくようすが見られた。

男三人を実際の色でうつしだすモニターもあれば、さまざまな温度のカラフルなシルエットとして、あるいはモノクロの影としてしめすモニターもある。

突然、シグナルが鳴りひびく。ウルラト・モマスはデスクから立ちあがると、女たちのもとに急ぎ、

「なにがあった？」と、訊いた。

「温度が一時的に変化しました」ブルネットの髪を冠状に編みこんだ女が答えた。「脳内活動も同様です」

「そして、それは三人全員にあてはまります」目を引くほどの褐色の肌をした女が、意味ありげにつけくわえた。頰には宝石がいくつかきらめく。

「それはいつのことか?」

「はっきりと答えることができます」女はそう告げながら、ほかのモニターひとつをさししめし、同時に録画を再生した。「ここです。ヘウラト・ゴスが庭園に出て、かれらのほうに向かって歩き、近くで立ちどまると、煙草に火をつけます。ゴスは三人を見ませんが、三人はゴスを見ていました」

女は、録画再生を一時停止した。

「はっきりしています。どうやら、三人ともかれを知っているようです。同時に男を見ています。わかりますか? 三人とも同じ方向を見ています。つまり、ヘウラト・ゴスを」

「同時に脳内活動に変化が見られます」もうひとりが告げた。ブロンドの髪。顔は蒼白で、目だたない外見の女だ。目の下のクマのせいか、やつれて見える。「その意味は明確です。三人とも驚いたのです。これは、顔見知りに気づいたとき、通常見られる反応で、顔の皮膚の温度もわずかに上昇しています」

「ヘウラト・ゴスを知っているということだな」〝星の道〟局長がいった。「それこそ、わたしが知りたかったこと。かれらがこの惑星を訪れたのは、ただメッゾを売りつけるためだけではないという証拠だ。それについてすでに忠告したが、アルネは聞く耳を持たなかった。こんどこそ、わたしのいうことが正しかったと認めざるをえないだろう」

「たしかに反応はありましたが」褐色の肌をした美女が注意をうながす。「それだけでは、訪問者がヘウラト・ゴスと顔見知りだという証拠にはなりません。写真をどこかで見ただけかもしれない。それだけでも、この反応は説明がつきます。調査の必要がありますね」

「わかっているとも」ウルラト・モマスがどなりつけた。「忠告を聞くつもりはない。それも、きみにいわれる筋あいはない！」

女は驚き、押し黙った。〝星の道〟局長が足早に部屋を出ていく。

「気でもおかしくなったの？」ブロンドがつかえながらいう。「局長のこと、よく知っているわよね！」

「わたしは、まだ死にたくないわ」ブルネットの若い女がいった。「あなたのせいで排除されるのはごめんよ」

「浅はかだったわ」褐色の肌をした女が震える声でいった。恐怖が喉を締めつける。「自分でもわからないの。なぜ、あんな忠告めいたことをいったのか」

＊

「合意したわ」エルヴァ・モランが庭に出てくると、告げた。「これで、メッゾを殺さずにすむわね。取引準備を進めるよう、船長にメッセージを送るわ」

男三人はすでに二時間以上、庭で待たされていた。そのあいだ、とびきり美しい娘たちにご当地ビールでもてなされる。この上なく美味だが、三人とも最大の注意をはらってこれを味わった。

「アルネ・コッセムは、例の罰金を免除してくれたわ」女はつづけた。「かわりにメッゾを五百万ギャラクスに値さげさせられたけど」

「取引はどういう手順で進めるんだ？」〝フィッツ〟ことオムレ・フィッツカラルドがそう訊きながら、前もってとりきめておいたジェスチャーで知らせてくる。一時しのぎのハイパー通信装置を組みたて、《ブルージェイ》に短いメッセージを送ることが可能だという。ただし、そのためにはアンテナのかわりとなる部品を見つける必要があるらしい。

「ステップ・バイ・ステップよ」女が答えた。

ブロンドの娘がやってきて、笑みを浮かべながら室内にいざなう。

「お部屋の用意がととのいました。清潔な衣類もあります。どうぞシャワーを浴びて、着替えてください。一時間後、〝道案内人〟が夕食会にお招きしたいとのことです」

「ステップ・バイ・ステップとは？」〝スリープ〟ことドニー・ワリーがエルヴァに訊いた。一行は娘のあとについて、旧修道院の建物のひとつに向かった。

「まず、わたしたちのうちのひとりが百万ギャラクスを積んだ《ホタル》で母船に向かうの」情報分析者が説明する。「そしてメッゾ一体を連れてここにもどり、アルネ・コッセムに引きわたす。そのあと、ふたりが次の百万ギャラクスを持ってスタートし、ひとりだけがメッゾ二体を連れてもどるの。それと引きかえに、ふたりが、二百万ギャラクスを積んで母船に向かう。ふたたび、ひとりがのこりのメッゾ二体を搭載艇に乗せて、惑星にもどる。最後に、のこりの百万ギャラクスを持ってふたりがここから逃げるという寸法よ」

「最後のふたりがやられるな」クルダン・ヤルスが指摘した。

「アルネ・コッセムは、心配無用だと確約したわ。そして、わたしはその言葉を信じる。〝道案内人〟はメッゾを入手できたら、さぞかしよろこぶでしょうよ。最後のふたりをどうにかしようとは、きっと考えないわ。その必要もないし。これはたがいの利益のために、たがいに義務を負う取引よ」

三人は、エルヴァ・モランがそう思ってはいないことを知っていた。とはいえ、完全にはリスクを排除できないのも明らかだ。もちろん、コッセムは最後の百万ギャラクスをわたさないだろう。最後のメッゾを手にいれたら、姿をくらますはず。三度めに《ホタル》でチョカに向かった者が友を連れてぶじに《ブルージェイ》にもどれたなら、ラッキーといえよう。

一時間後、一行は優雅にしつらえられた豪華な部屋に通された。華やかな食卓が設けられた室内には、チョカで入手できる貴重な品すべてがとりそろえられている。あまりの煌《きら》びやかさにエルヴァ、スリープ、ヤルス、フィツは、目がくらんだ。食卓の上の天井からさがる、無数の宝石で装飾されたシャンデリアひとつだけでも、自分たちの着陸艇よりはるかに高価かもしれない。

侏儒のアルネ・コッセムは、テーブルで快適に食事ができるよう高めに調整された椅子に腰かけていた。そのかたわらには、慈愛に満ちた笑みを浮かべるアロンダが立ち、ゲストを歓迎する。極端に深いデコルテの黒いビスチェタイプのドレスを着用していた。「おかけになって」女が席を勧めた。「どうぞ、召しあがれ。チョカの自然が提供する新鮮な食材をご堪能ください。前菜は、上質なワインのスプリッツァーであえたシーフード・カクテルよ」

アロンダはそう告げると、実に優雅な物腰で配膳台に向かい、小皿六枚をのせたトレイを手にとった。そしてテーブルをまわり、まずアルネ・コッセムに、そしてほかの全員に前菜を配る。最後に、スリープのところに小皿が運ばれたときにはすでに、〝偉大なる道案内人〟はエルヴァ・モランと興奮ぎみに話しこんでいた。

「召しあがれ」黒髪の美女は笑みを浮かべながらささやき、スリープの目の前に小皿を置いた。女にじっと見つめられ、武器シントロニカーは耳まで赤く染めながら、

「ありがとう」と、まんざらでもなさそうにいう。

スリープはほっとした。アロンダがアルネ・コッセムのそばにもどり、腰をおろしたから。ギャングのボスがホワルゴニウム・ダストで飾られたフォークを手にとり、晩餐会を開始したとき、スリープはシーフード・カクテルの隙間のちいさな透明フォリオに気づいた。突然、合点がいく。カニとフォリオをフォークにのせると、口に運んだ。舌を巧みに使い、フォリオを頬と歯のあいだに押しこむ。フォリオがそこにはさまったのを感じた。

＊

武器シントロニカーは《ホタル》のコクピットで腰をおろし、スタート前に必須のメイン・チェックをしていた。ほとんどの作業は、シントロニクスが肩代わりする。この機会を利用した。なにげなく口に手をやり、フォリオをとりだすと、装置のひとつに押しつける。メッセージを読みおえたあと、ふたたびフォリオをとりはずし、歯と頬のあいだにおさめた。

〝一一四三年九月十六日、情報屋メン＝ウォの宇宙船《ホアング＝ダン》は、バルトロ・セクターで顧客のひとりと会う。その顧客はカンタロにちがいない〟フォリオにはそう書かれていた。

信じられない。スリープは思った。搭載艇をスタートさせ、旧修道院に急速に近づいていく。われわれ、実際にやりとげたのだ。これこそ、情報提供者が知らせたかったことにちがいない。

どうやって情報提供者は、わたしにメッセージが書かれたフォリオをわたすことに成功したのか。それについて考える時間はほとんどない。まもなく、旧修道院の下につきでた岩棚に着陸。そこでは、ウルラト・モマス、〝道〟の武装したメンバー七名、エルヴァ・モラン、クルダン・ヤルス、オムレ・フィツカラルドが、スーツケースふたつとともに待っていた。

「これまでのところ、すべて順調よ」スリープが機体を降りると、情報分析者が告げた。「あとはただ、飛ぶ順番を決めるだけ。あなたが《ホタル》をとってくるあいだに、くじ引きを用意したの」

「ならば、時間をむだにするわけにいかないな」スリープが応じた。「きみたちさえかまわなければ、最初に引くよ」

「もちろんよ」エルヴァはそう応じ、開いた手をさしだした。そこにくじが四つある。

「最初にだれが飛ぶかを決めましょう」

「おいおい、なぜそのような面倒なことをする？」ウルラト・モマスが文句をいった。

「ただ百万ギャラクスを受けとって、姿を消せばすむではないか。もどってくるつもりなどないのだろう?」

「黙っていろ、巻き毛」クルダン・ヤルスが大胆不敵にいいかえした。「われわれは、れっきとしたビジネスマンだ」

「それに、きみみたいな下っ端《したっぱ》が取引相手じゃなくてほっとしたよ」スリープがにやりとして、つけくわえた。そして、引いたくじを開ける。「わたしが最初だ」

「じゃ、次の順番を決めましょう」エルヴァがいった。「ぜんぶ、決めておかなくちゃ」

〝星の道〟局長は部下のひとりに、現金の入ったスーツケースを搭載艇まで運ぶように命じた。スリープは拒むように手を振りふり、

「そう急ぎなさんな、友よ」と、いった。「まずはお札を数えなくちゃ」

「きみが《ホタル》をとりにいっているあいだに、すませておいた」フィツが甲高い声で説明した。「問題はなにもない。スタートしていいよ」

「急いで行ってくる」武器シントロニカーが仲間に告げた。機体のコクピットにすわると、エアロックを閉じる。反重力装置に支えられ、《ホタル》は音もなく上昇。着陸プラットフォームから二百メートルほどの高さに達すると、メイン・エンジンが作動した。炎の束がふたつ、船尾からあがる。機体は加速し、チョカの空にたちまち消えた。

「スリープがもどってくるまで、なにをしようか?」フィツが訊いた。両手でもじゃも

じゃ頭をかきまわしながら、「なにかいい考えはないのか、ウルラト？　なきゃ、日光浴でもしようかな」

ウルラト・モマスは、ハイパー通信スペシャリストを冷ややかに一瞥した。そして、部下たちに向かって合図を送る。ドアが開くと、ロボットが男をひとり連れて出てきた。〝ドレーク〟のメンバーたちは《ブルージェイ》で見たホログラムを思いだし、驚愕する。

情報提供者ヘウラト・ゴスだ！

男は、絶望の表情を浮かべていた。拷問されたかのように見える。

「友と話したいか？　やつが死ぬ前に最後の言葉を交わしたいか？」モマスが訊いた。

「なんのことだ？」フィッツが、いつにもまして甲高い声で応じた。「この男はだれだ？　われわれとなんの関係がある？」

ウルラト・モマスは自信に満ちた笑みを浮かべ、

「わかっているぞ。きみたちはこの男を知っているな」と、告げた。「わたしをだまそうとしてもむだだ……で、やつと話したいのか、話したくないのか？」

「かれをどうするつもりなの？」情報分析者が訊いた。

「いったはずだ。処刑する。ただちに」〝星の道〟局長が答え、女と男ふたりをにらみつける。

エルヴァ・モランは蒼白になり、

「恐ろしいこと」と、震える声でいった。「わたしたち、その人とはなんのかかわりもないの。それでも、目の前でだれかが処刑されるのはごめんだわ」

「ヘウラト・ゴスは裏切り者だ」ウルラト・モマスが説明した。「尋問したところ、自供した。やつのような男は、仲間として不要だ」

「好きにするがいいさ」フィッツが憤慨していった。顔が壁のように蒼白だ。震える指で、髭が伸びた頬をかきむしる。いまにも、くずおれそうだ。「ようやく、チョカでなにが起きているかがわかった。だが、それはすべて、われわれとはなんの関係もない。われわれは、ただのビジネスマン。それだけだ」

「クズめ」クルダン・ヤルスが軽蔑するようにいった。「その男を目の前で殺してみろ。われわれはスリープがもどったらただちにすべての取引を中止し、消えうせる。その場合、アルネ・コッセムはメッゾ一体しか手にできないだろう。きみがその落とし前をつけることになるぞ」

ウルラト・モマスは、口角をつつむ半月形の口髭をなでつけながら、

「きみなら、かれを救うことができる」と、意地悪い笑みを浮かべていった。「ただ、あの男を知っていると認めるだけでいい。そしてメッゾとはなんの関係もないべつの計画をくわだてていることも。そうすれば、あの男は自由だ。どこへでも好きなところに

いくがいい」

「わたしたちは純粋にビジネスのためにここにきたの」エルヴァ・モランが熱心に主張した。「いいがかりはやめて。あなたのためにならないわ」

〝星の道〟局長は右腕をあげ、すぐにさげた。同時に、ヘウラト・ゴスの足もとから地面が消えた。男は牽引ビームにとらえられ、叫び声をあげながら上昇していく。猛スピードで遠ざかり、とうとうはるかな点と化した。

「残念だな」ウルラト・モマスがいった。「あの男はすくなくとも〝天国の平和の道〟の優秀なメンバーだった。かわりを見つけるのは容易ではなかろう」

局長がふたたび部下に合図すると、その点が落下した。

エルヴァ・モランは地面にへたりこみ、両手で顔をおおった。

「この野獣め！」クルダン・ヤルスがモマスに向かって叫んだ。〝天国の平和の道〟については聞いたことがある。たしか、暗殺を担当する部署だ。モマスは、ゴスをその優秀な一員だといった。つまり、いま処刑されたのが多くの人命を奪ってきた殺し屋であることを強調したのだ。それでも、なんのなぐさめにもならない。通信技師を激怒させたのは、ゴスが処刑されたこと自体よりも、それが自分たちの目の前で実行されたことだった。「この仕打ちを忘れはしない。かならずきみを罰するよう、きみのボスによくいっておくからな」

ウルラト・モマスは、クルダン・ヤルスに向かって笑いかけ、「よく見ておくがいい」と、いった。「われわれをぺてんにかけようとしているのがわかったら、きみたち全員、同じ運命をたどるのだから」

＊

二時間後、《ホタル》が最初のメッゾを連れてもどってきた。すでにアルネ・コッセムは側近全員をしたがえ、着陸プラットフォームで待ちかまえていた。音楽隊が陽気な曲を奏で、若い女数名が飲料と茶菓子をサービスしてまわる。

〝偉大なる道案内人〟は上機嫌だった。バエリーの雄と雌、数体と戯《たわむ》れている。ついに目標を達成したのだ。これで、子孫繁栄に不可欠なメッゾをバエリーたちにあたえられる。そのための代金がどれほど高額でもかまわない。大切なのは、深く愛する者たちに幸福をもたらすことだけ。

《ホタル》が音もなくプラットフォームにおりたつと、アロンダが侏儒に向かって魅惑的にほほえみかけた。アルネ・コッセムはいまにもキスするかのように唇をとがらせ、うれしそうに拍手する。だれもが着陸艇にのみ注目しているように見えたが、それは誤りだった。

ウルラト・モマスはエルヴァ・モランのわずか数メートル横に立っていた。局長の手はエネルギー銃の銃把におかれ、一瞬たりとも彼女から目をはなさない。唇には奇妙な笑みが浮かんでいた。

《ホタル》のハッチが開き、スリープがバスケットをかかえて出てきた。そのなかにメッゾが一体、ぶらさがっている。

静寂が周囲をつつんだ。アルネ・コッセムは美しい女の腕をほどくと、威厳に満ちたようすでおもむろにスリープに歩みよる。武器シントロニカーには、もうほとんど、バスケットをかかえる力がなさそうに見えた。肩を落としていたが、急に背筋を伸ばす。目をしばたたき、困惑したようにほほえむと、

「悪いな」と、詫びた。「きみたちのだれかが、シントロニクスにちょっかいを出したようだ。おかげで、大変なフライトだったよ」

〝偉大なる道案内人〟は、うわの空のようだ。両腕をひろげ、メッゾの入ったバスケットを受けとった。目に涙を浮かべている。唇が震えた。感動でなにもいえないようだ。

エルヴァ・モランは、ウルラト・モマスを見つめた。チョカの宇宙航行管制局はこの男の支配下にあった。巨漢は、口角をつつむ半月形の口髭を指先でなでつけている。自分自身と有能な部下に非常に満足しているようだ。ただし、スリープが《ホタル》に対する小細工について大っぴらに抗議したことは、気にいらないらしい。スリープを一瞥したものの、自分のしわざだと気づかれないよう、すぐに顔をそむけた。それでも、エ

ルヴァはこの瞬間、局長の目に浮かんだ表情を見逃さない。わかっている。ウルラト・モマスは、最後の瞬間、この作戦をぶち壊しにするためにあらゆる手をつくすだろう。人々が興奮のあまり、歓声をあげた。メッゾが活発に動き、甲高い鳴き声をいくつかあげたのだ。エルヴァ・モランは人ごみをかきわけ、やっとのことでスリープに近づいた。

「ほかに問題は？」女は訊いた。

「心配しなくていい」友は応じた。「すべて計画どおりさ」

「じゃ、次の百万ね。なによりも時間をむだにしたくないわ」エルヴァはそう叫ぶと、アルネ・コッセムの姿が見えるように、力をこめてアロンダをわきに引っぱった。

「なにをするの？」美女がつかえながらいう。肩から足先までひろがる、ごく薄い赤いヴェールを身にまとっていた。

「時間をむだにしたくないの、アルネ」エルヴァが力をこめていった。「それとも、このメッゾ一体だけでいいの？」

「いや、もちろんだめだ！」アルネ・コッセムは極端に驚いたようだ。「早く、次の百万ギャラクスをかれらにわたしてくれ」

部下二名が現金の入ったスーツケースを運び、それを《ホタル》に積みこんだ。スリープ、情報分析者、ウルラト・モマスがそれを数えるため、あとにつづく。一ギャラクスも欠けていないことを確認してはじめて、エルヴァはヤルスとフィッに別れを告げた。

「かならず迎えにくるから」女は確約した。「すべて計画どおりに進むわ」

「くじが、次はきみの番だと決めたのだから」クルダン・ヤルスが不機嫌そうにいった。

「昔、古い本で読んだことがある。これをレディ・ファーストというのさ！」

「もっとたくさん読むべきね」女は友に忠告した。「本を読めば賢くなるわ。忘れないで。次はメッゾ二体を連れてくる。それと引きかえに二百万もらうのよ」

そう告げ、スリープとともに《ホタル》に乗りこむと、搭載艇がスタートした。

《ホタル》がチョカの重力場をはなれると、情報分析者はほっと胸をなでおろし、クッションの上でからだを伸ばした。なにかいおうとしたが、スリープが急いで指を唇に押しあてる。これにより、艇内に盗聴機があることを知らせたのだ。

「さっきの飛行で、追跡されかけたよ」しばらくすると、スリープが告げた。「でも成功しなかった。やつら、反重力装置つき監視ディスクに《ホタル》を尾行させ、母船がどこにかくれているかをつきとめようとしたんだ。だから、妨害装置で追っ手の目をくらませてやった。おそらく、監視ディスクは恒星に向かっただろうな」

女は笑みを浮かべた。

スリープは、チョカに出動する前に情報分析者から告げられていたとおりにしたにすぎない。一行はその手の尾行にすでにそなえていた。起こりうるすべてをシントロニクスにあらかじめ計算させておくことがどれほど得策だったか、いま証明されたのだ。コンピュータは、なにひとつ見逃すことはなかった。

エルヴァ・モランは、この出動が実際にどれほどの成果をあげたのか、《ブルージェイ》にもどってはじめて知った。レノ・ヤンティルから、スリープがシーフード・カクテルのなかに見つけたメッセージについて聞かされたのだ。そのあいだ、スリープはふたたびチョカに向かった。さらなるメッゾ二体を惑星に運び、それと引きかえに二百万ギャラクスを母船に持ちかえるためだ。そして予定どおり、クルダン・ヤルスを連れてもどってくる。これで、チョカにのこるのは、オムレ・フィツカラルドひとりのみ。スリープはふたたび搭載艇をスタートさせようとしたが、レノ・ヤンティルに引きとめられた。

「われわれ、すでに合意ずみだ。エルヴァが最後の飛行を引きうける」船長がそう告げた。「反論はやめてくれ。むだだろうから」

スリープは目をしばたたき、

「おそらく、それもきみが前もって計画していたのだろうな」と、情報分析者に向かっていった。

「そのとおりよ」女は笑みを浮かべ、認めた。「あなたを安心させるためにいっておくわね。わたしは多くを計画し、予測していたけれど、予想どおりに進んだのはそのうちのごく一部だけ。カオス・コンピュータでも、すべてを予測するのは不可能ということよ！」

エルヴァは恐れることなく《ホタル》に乗りこみ、飛びさった。

7

ひとり惑星にのこされたオムレ・フィツカラルドは、ウルラト・モマスならびに〝偉大なる道案内人〟の親衛隊二十名とともに着陸プラットフォームに立ち、《ホタル》がもどってくるのを待っていた。

エルヴァ・モランはハッチを開けるさい、反重力エンジンを切らなかった。ただちに機体を発進させるつもりだったから。右手には、最後のメッヅ二体を入れたバスケットをかかえている。

「もうすぐ終わるわ」女は叫んだ。「フィツ、こっちにくるのよ」

ウルラト・モマスがハイパー通信スペシャリストに銃を押しあてながら、《ホタル》に近づいてくる。あいているほうの手をバスケットに向かって伸ばし、

「さっさとよこせ」と、要求した。

「まだ百万ギャラクス、たりないわ」情報分析者が答えた。

男は喉の奥で笑い声をたて、

「友を生きたまま連れかえりたいなら、それはあきらめてもらおう」と、告げた。

「なるほど。そういうことなの？」エルヴァはそういうと、アルネ・コッセムの姿を探すかのように周囲を見まわした。作戦行動がこの手の結末を迎えたことになんの驚きもない。取引にさいして、実際に〝偉大なる道案内人〟が約束どおりに五百万ギャラクスを支払うと考えたことは一度もなかった。フィッをぶじに連れかえることができれば、それで充分だ。「早く乗るのよ、フィッ」

ハイパー通信スペシャリストは髭が伸びた頬をかいた。喉仏が上下する。フィッは銃に手を伸ばし、それをわきに押しのけた。そのままエルヴァ・モランのわきを通りぬけると、ただちにコクピットに入り、シートにすわる。

女はハッチの開閉スイッチを操作すると同時に、ウルラト・モマスにメッゾの入ったバスケットを投げつけた。局長は銃を落とし、それを受けとめようと手を伸ばす。

「さあ！　スタートして！」エルヴァ・モランが叫んだ。

ハッチが閉じ、《ホタル》が上昇する。ウルラト・モマスは、情報分析者が笑うのを見た。女はこちらの行動を非常に正確に読んでいた。投げつけられたバスケットを受けとめ、動物を無傷で手にいれるほうが、女を撃つよりもモマスにとって重要だと予想したのだ。そして、女はその理由も知っていた。万一、メッゾが傷ついたり、死んだりしたら、アルネ・コッセムに対し面目が立たない。

「いまいましい魔女め」局長は叫んだ。「警報発令！　搭載艇を追跡しろ。どこに母船がかくれているのか、つきとめるのだ。見つけたら、ただちに撃墜しろ！」

親衛隊メンバーは、プラットフォームをはなれた。〝星の道〟局長の命令が伝わり、山中にかくされた宇宙港から宇宙戦闘機が数機発進した。

＊

エルヴァ・モランは安堵の息をつくと、オムレ・フィツカラルドのとなりのシートに身を沈ませ、

「やったわね」と、ほっとした顔で告げた。「モマスは、思ったほど手ごわくなかったわ」

フィツは驚いたようすで女を見つめ、

「まだほんの序章にすぎないさ」と、答えた。「宇宙の深淵まで追ってくるだろうよ。モマスのやつ、われわれを相当恨んでいるにちがいない」

ハイパー通信スペシャリストは、探知スクリーンにはっきりとうつる宇宙戦闘機のリフレックスをさししめし、

「《ホタル》よりも速そうだ」と、恐れるようすも見せず、平然といった。

「わかっているわ。でも、あなたはがんばってこしらえてくれたのよね……ちがう？」

男は声を立てて笑い、

「またか、エルヴァ」と、いった。「きみは、なんでもお見通しだな」

「そうかもしれないわ」

女はそう答え、友から《ホタル》の操縦を引きついだ。フィッは立ちあがり、熱心になにかをしはじめた。この数時間でつくりあげた装置を服のなかからとりだすと、床板の一部を開け、シントロニクスにそれを組みこむ。

「これでいいだろう」男はいい、ふたたびエルヴァのとなりに腰をおろした。

女は探知スクリーンを見つめた。リフレックスが動きだし、フィッが生じさせた探知擬似映像についていく。

「もちろん、追っ手はそうやすやすとだまされはしないさ」男は説明した。「だが、それは問題じゃない。時間を稼げれば、そのあいだにわれわれは《ブルージェイ》にもどり、ともに姿をくらますことができる」

その言葉どおり、ことは進んだ。

およそ二十分後、《ブルージェイ》は通常のランデヴー飛行でふたりを収容すると、最大価で加速し、セノテ星系をあとにする。

レノ・ヤンティル、ペドラス・フォッホ、そのほかの乗員が歓声をあげ、オムレ・フィツカラルドとエルヴァ・モランを迎えいれた。

「すばらしい」船長がうれしそうにいう。「正直にいえば、心配していたのだ」

「エルヴァがすべてを前もって計算ずみだと、知ってさえいればなあ」クルダン・ヤルスが告げた。「認めるよ。不安でしかたがなかった」

情報分析者は、しずかにほほえみ、

「この作戦はすべて戦術にもとづくもの」と、説明する。「心理学も大いに役だったわ」

「ただひとつだけ、大きな誤算があったようだな」クルダン・ヤルスが告げた。「あれには、本当に困惑させられたもの」

「なんのことだ？」スリープが訊いた。武器シントロニカーはレノのとなりに立ち、ビアグラスを手にしている。驚くべきことに、すっきり目ざめているように見えた。まるで、この任務のあいだに充分な睡眠をとったかのようだ。

「情報提供者が殺されてしまった」通信技師が答えた。「よりによって、やつとはな」

「なぜ、そういえるの？」エルヴァ・モランが訊いた。

「みんなで見たじゃないか」クルダン・ヤルスがしぶしぶ答えた。「モマスがヘウラト・ゴスをはるかかなた雲の上まで飛ばしたのち、落下させた。それでも生きているとは、とうてい思えない」

レノ・ヤンティルが咳ばらいし、

「そもそも、ヘウラト・ゴスがわれわれの情報提供者だとだれがいったのかね？」と、訊いた。

ヤルスは驚きながら船長を見つめた。そして、エルヴァをさししめ、「もうやめてください」と、応じた。「なんといっても、あの男のホログラムを見せたのは彼女だったはず」

「わたしは、大量殺人鬼のホログラムを見せたにすぎないわ」情報分析者はそう告げた。「ゴスは情報提供者じゃないわ。あの男がわたしたちに協力するはずがないでしょ」

クルダン・ヤルスは混乱した。結んだ髪をつかむと、まるでまだ長さがたりないとばかりに引っぱり、

「いったい、どういうことか？」と、うめいた。それから、情報分析者の腕をつかむ。

「全員、きみにまんまとかつがれたわけか？」

「まったくそんなつもりはなかったのよ」女が答えた。「アルネ・コッセムにつねに監視されているのはわかっていたわ。そして、もしわたしたちが情報提供者に遭遇したなら、目だつ反応をしてしまうことも。情報提供者を危険にさらさないようにするためには、あなたたちの注意をほかの対象に向けなければならなかった。そこで、わたしは大量殺人鬼ゴスを選んだの。たいして惜しい存在ではなかったから。あとはただ、わたし自身がちゃんと自制できるよう、祈るしかなかったわ」

「なるほど。そういうことか」ヤルスがうなずく。「わかったよ。ヘウラト・ゴスが目の前にあらわれたとき、われわれは口をぽかんと開けてしまった。そして、それをだれかに見られていたというわけだ」

「ようやくわかったようね」女は友をほめた。

「で、だれがわれわれの情報提供者だったんだ？」

「本当にわからないの？」

「さっぱりだ」

「あの美しきアロンダよ」女は笑みを浮かべながら答えた。

＊

「なにかわかったか？」ペリー・ローダンは宇宙港の地下施設にある保管庫にふたたび足を踏みいれると、そう訊いた。

アンブッシュ・サトーは両手にかかえていた器具をおろし、ローダンに向かって軽くかぶりを振った。「最善をつくしますが、まだなにも」と、答え、「わたしは超現実学者であって、この〝パルス・コンヴァーター〟はわが専門分野とほとんど関連がないのです」

「きみをサポートできる科学者が必要なわけだ」ローダンが断定した。「この〝パルス

・コンヴァーター〟には、まだ手がかかりそうだな」
「ただの科学者では、役にたちそうもありません」アンブッシュが考えこむようにいった。「超現実学を厳密な科学と認識する者でなければ。もちろん、自分の〝気〟と真剣に向きあったことのある者だけが、この分野にたどりつき、なんらかの成果をあげることが可能です。もっとも、そうした者はひとりもいません。〝気〟の概念を受けいれる心構えのある者などほとんどいないので」

「きみをサポートできそうな者を見つけよう」ローダンが確約した。

「ジェフリーがもっと資料をのこしてくれたなら、すべてがもっと容易だったでしょう。まずはモジュールを調べ、それらがどのような機能を持つかを見きわめなければ。どれも驚くべきアイデアばかりです。ジェフリーの真骨頂といえるでしょう」アンブッシュ・サトーはどうしようもないといわんばかりに、両手をあげた。「あの男ときたら、なにをしでかしてくれたのでしょう。最後まで膨大なアイデアに満ちあふれていました」

ローダンは考えこむようにうなずいた。自分たちが受けた損失がどれほど大きなものか、あらためて思いしらされる。

するとロナルド・テケナーが部屋に入ってくるなり、

「興味深い情報があるのです」と、告げた。「《ブルージェイ》がもどってきました。数分後には着陸するでしょう」

ペリー・ローダンは《ブルージェイ》の代表メンバーを宇宙港のオフィスで出迎えた。ロナルド・テケナーとロワ・ダントンも同席する。そこにレノ・ヤンティル、エルヴァ・モラン、オムレ・フィツカラルドがあらわれ、文字がしるされたフォリオをローダンに手わたした。

〝一一四三年九月十六日、情報屋メン＝ウォの宇宙船《ホアング＝ダン》は、バルトロ・セクターで顧客のひとりと会う〟ローダンが読みあげ、レノ・ヤンティルを問うように見つめた。

「これになんの意味があると？」

レノ・ヤンティルは情報収集にいたった背景を簡潔に説明し、こう締めくくった。

「メン＝ウォは男カルタン人で、なんらかの理由で惑星チョカにやってきました。その顧客がきわめて重要な相手でなければ、情報提供者はこのような非常に高いリスクを冒してまでわれわれに知らせようとはしなかったでしょう。実際、相手はカンタロと考えていいはず」

ローダンはシートの背にもたれかかった。エルヴァ・モランは提供された飲み物をすすり、オムレ・フィツカラルドは髭が伸びた頰をかく。

「おそらく、きみのいうとおりだろう」ローダンが応じ、ヤンティルに向かってうなずいた。

「もちろん、手にいれたギャラクスを自分たちの懐におさめるつもりはありません」《ブルージェイ》の船長が強調していう。「一部をこの情報提供者のための軍資金にするつもりです。いつかチョカからの脱出を試みるでしょうから」

「彼女はそこで、ずいぶん裕福な暮らしをしているようだな。きみの話を正しく理解したならば」

「そして、つねにおびえています」情報分析者が説明した。「いますぐにでもチョカをはなれたいほど。そもそも彼女は、アルネ・コッセムを嫌悪していました。ところが、気にいられてしまった。気が進まなくとも笑顔で応じるしかありません。拒否しようものなら、ただちに殺されてしまうでしょう。彼女が身の安全を確保できるよう、折を見て手を貸すつもりです。だからこそ、そのための軍資金が必要なのです」

「のこりは自由商人の共同基金に」ヤンティルが説明した。「われわれ、自分たちのために使うつもりはありません」

「でもって、きみたちは自分たちに科せられた追放処分をとりけしてほしいわけだ！」

「そう期待しています」ヤンティルが認めた。「この作戦行動は、われわれが自由商人とあなたに対して忠実であることを証明するもの」

「自由商人には独自の司法権がある。わたしには追放をとりけすことはできない。それは法廷だけができること。それでも尽力しようとも。それに、このきわめて重要な情報と自由商人のためのきみたちの大胆な作戦行動に鑑《かんが》みれば、追放処分はとりけされるにちがいない。ただし、《ブルージェイ》の船長としてだ。作戦行動の指揮官としてではない」

レノ・ヤンティル、エルヴァ・モラン、オムレ・フィツカラルドは跳びあがり、ローダンに感謝の意をしめそうとした。

「もうわかったから」ローダンがなだめた。「本題にうつろう。おそらく、きみたちはすでにバルトロ・セクターについて調べたのではないか。なにか、わかったか？」

「そのセクターは、赤色巨星バルトロにちなんで名づけられました」情報分析者が応じた。「ベテルギュース・タイプの赤色巨星です。四十三の惑星を擁しますが、かなり孤立していて銀河系ハロー部に位置します。セノテ星系から六百二十光年、惑星フェニックスから千六十光年はなれています。情報フォリオに刻まれたシンボルを正しく理解したならば、メン＝ウォが顧客と会うのは第十三惑星、酸素大気圏のある砂漠惑星でしょう」

ペリー・ローダンはクロノメーターを見やると、

「きみたちの帰還はぎりぎりだったようだな」と、告げた。「きょうは九月十五日だ」

「手をこまねいているひまはありません」レノ・ヤンティルが応じた。「いずれにせよ、メン＝ウォよりも先にバルトロ星系に到達しなければ。それにより、相手が驚いたその瞬間を狙うのです」

「まったくそのとおりだ」ローダンが同意をしめす。「戦闘船六隻でバルトロ星系に向かうことにする」

そう告げ、ヤンティルを見つめた。

「《ブルージェイ》もいっしょだ」

「もちろんですとも、ペリー！　わが乗員は、ここ惑星フェニックスにのこるよう命じられれば、それを従順に受けいれるでしょうが、ひどくがっかりするにちがいない」

ローダンは笑みを浮かべた。

「ならばよかった。では、出動だ。一刻もむだにできない。《ブルージェイ》の発進準備をととのえるのだ」

つづく数時間というもの、自由商人は大わらわだった。戦闘船六隻……《モンテゴ・ベイ》《シマロン》《ブルージェイ》もふくむ……の発進準備と探査装備をととのえるには、ある程度の時間がかかる。ローダンが出動目的を知らせたのは、いまのところ、側近と宇宙船の指揮官のみ。

ペリー・ローダンは冷静かつ慎重に行動した。それでも興奮がおさえきれない。ほかのメンバー同様に確信していた。カンタロは銀河系における暴君であり、人々の故郷銀河への帰還を妨げる敵だ。思いをテラに馳せた。故郷惑星はどうなっているのか？　ここ数世紀の出来ごとは、テラにどのような影響をあたえたのか？　テラはまだ、銀河系において重要な役割をはたしているのか。それとも、とるにたりない存在と化したのか。答えの出ない疑問の数々に思いをめぐらせた。これに答えられるのは、おそらくカンタロだけだろう。もし、その宇宙船を拿捕《だほ》し、カンタロをとらえることができたならば。

「正直にいえば」ローダンはロナルド・テケナーに向かって告げた。「困難な任務になりそうだな」

「カンタロにとってもですね」銀河ギャンブラーが答え、ラサト疱瘡《ほうそう》の痕がのこる顔に笑みを浮かべた。すでに多くの敵を震えあがらせてきた不気味なスマイルだ。

《ブルージェイ》では、この先どのような危険が待ちうけるのか、さほど認識されていないようだ。レノ・ヤンティルとその乗員は、まさに高揚感につつまれていた。ふたたび自由商人の仲間入りをはたしたばかりでなく、名誉回復の機会まであたえられたのだ。いつもながらの迅速さと正確さで準備が進み、宇宙船は予定時刻にスタートした。

レノ・ヤンティルは自信に満ちていた。

「ローダンがなにを計画しているかはわからないが」《ブルージェイ》がほかの五隻とともに発進したさい、船長が告げた。「われわれがこの出動において、なんらかの活躍ができるのはまちがいない」

「それはたしかでしょう」クルダン・ヤルスが応じた。エルヴァ・モランをからかうように、同時に賞讃のまなざしで見つめる。「乗員が百五十名も増員されただけで、そうとわかります。われらが心理学者さまなら、さらに多くを教えてくれるかもしれません」

「どうしてそうなるのよ」女がいった。スタート直前、オムレ・フィッツカラルド、ドニー・ワリーとともに司令室に足を踏みいれたばかりだ。現在、《ブルージェイ》は《シマロン》、自由商人船団唯一のハウリ船《ヴァレ・ダク・ズル》、《モンテゴ・ベイ》、ブルー族が乗る《イエーリング》、そしてアルコンの星という名の《アルハ・タルコン》とともに飛行している。

「そんなことというなよ」通信技師が笑った。「きみはまた、カオス・コンピュータやらで遊んでいたにちがいない」

船長のヤンティルが笑みを浮かべた。

「エルヴァ・モランが、われわれの出動についてすでに計算してみたとでも？」

「していないわ」情報分析者が答え、大きな黒い目でクルダン・ヤルスを見つめる。

「なぜ、そうする必要があるというの？」

「いいから、いってみな」ヤルスが挑発する。「おれたち、きみの力なら知っているぞ」

「まだ、わかっていないようね」女が応じた。「わたしには、この出動はまったく計算できないの。関与者やその性格についての情報がすくなすぎるから。それに、この作戦には数百名が参加するはず。その人数では、わたしのシントロニクスですら処理しきれないわ」

「なるほど」クルダン・ヤルスがため息をついた。どうやら、がっかりしたようだ。

「おまけに、メン＝ウォまでいるのよ。あの男カルタン人に関する情報はないも同然なの。それに、顧客相手と思われるカンタロについてもまったくわからない。つまり、未知数があまりに多すぎる。たしかに思えることは、ただひとつ」

「それはなんだ？」〝スリープ〟ことドニー・ワリーが訊いた。メイン・ハッチの横の壁にもたれかかり、腕をからだの横でだらりとさせている。下唇がさらに垂れさがった。

エルヴァ・モランは笑みを浮かべ、

「わたしたちが本当に名誉を完全に回復できることよ」と、説明した。

「だが、われわれはもう名誉を回復したじゃないか」クルダン・ヤルスが驚いたようにいう。

女はかぶりを振り、

「たしかにペリーはそういったわ」と、返した。「でも、かなり疑っているみたい。わたしたちが重要な情報を得ようと努力したこと自体は認めてくれたわ。でも、はたしてそれが本当に重要な情報なのか、そして実際、わたしたちが主張したほど真剣にそれにとりくんでいるのか、証明する必要があるのよ」

「くそっ。命がけで手にいれた情報だぞ」クルダン・ヤルスが激昂した。

「そのとおりよ」女が強調するようにいった。「でも、ペリーはそこにいなかった。結果しか知らないわ。それでも、わたしたちにはチャンスがあたえられるはず。この出動の決定的段階でわたしたちは命令を受け、それにより手のうちをすべて明かすよう強いられるでしょうね」

オムレ・フィツカラルドはエルヴァの言葉を信じた。この数時間というもの、情報分析者は出動の進展を真剣に計算していたにちがいない。すでに概要を把握したはず。

「その命令とはどのようなものなんだ?」ハイパー通信スペシャリストが訊いた。

「ペリーはカンタロに罠をしかけるはず」女が説明した。「それには、もちろんカルタン船が最適だわ。実際、それしかありえない。わたしのシントロニクスはいくつか提案をしたの。とりわけ、わたしたちにとって興味深い結論にいたった。それによれば、ローダンはバルトロ星系に到着直後、わたしたちに命じ……」

＊

自由商人の小船団は九月十六日早朝、バルトロ・セクターに到達した。たちまち、宇宙船は散開し、それぞれ、恒星と大惑星を対探知の楯にする。

エルヴァ・モランとドニー・ワリーは宇宙戦闘機のコクピットにいた。目の前のモニターには《ブルージェイ》の司令室がうつしだされている。そこにはレノ・ヤンティル、ペドラス・フォッホ、そして女数名がいた。クルダン・ヤルスとオムレ・フィツカラルドは、べつの宇宙戦闘機内で出撃にそなえている。ほかの六機の男たち十二名同様、出撃の機会が訪れると確信していた。そして、そのとおりになる。

《ブルージェイ》司令室のスクリーンに、ペリー・ローダンの姿があらわれ、「例のカルタン船を拿捕し、罠をしかけることにした」と、告げた。「この作戦行動はきわめて迅速に実行され、可能なかぎり宇宙船に損傷をあたえないようにする必要がある。メン＝ウォは奇襲攻撃にそなえていないだろう。それゆえ、船の防御バリアは展開されていないはず。カルタン船に対する攻撃に最適なのは、第十三惑星に潜伏する予定の宇宙戦闘機部隊だ。各機ともカルタン船の格納庫エアロックから侵入し、メン＝ウォの制圧を試みてもらいたい。作戦行動をすみやかに進め、情報屋が顧客に警告する機会をあたえないようにする必要がある。カルタン船に生じた損傷はただちに修復するように」

「了解です」レノ・ヤンティルが応じた。

「戦いの痕跡に外部から気づかれないよう、カルタン船を即座に修復しなければならない。できるか？」

「もちろんです」《ブルージェイ》の船長が肯定した。「われわれにまかせてください」

「たのんだぞ」と、ローダン。「ほかの船は、カンタロが罠にかかったら最後、逃げられないようにする。成功を祈る。きみたちの実力を見せてくれ」

「了解です」ヤンティルがそう告げ、通信を切った。

スリープはあくびしながら、

「すこし寝ておいてよかった」と、いった。

ヤンティルがふたたび呼びかけ、

「たいしたものだ、エルヴァ」と、告げた。「すべて、きみの予想どおりだな。おかげで、あらゆる事態にそなえられた」

「ほんのすこし計算してみただけ」女が平然と答えた。「たいしたことではありません」

エルヴァは満足げにシートのクッションにもたれかかった。実際、任務にそなえてこの数時間というもの、きわめて真剣にとりくんできたのだ。とりわけ宇宙戦闘機の反重力装置の性能を向上させておいた。計画された作戦行動は困難かつ危険なものだが、シントロニクスの協力があれば達成可能だろう。

レノ・ヤンティルは《ブルージェイ》を第十三惑星に近づけ、宇宙戦闘機を射出した。

惑星は、その砂漠のような性質から〝ゴビ〟と呼ばれる。

「この惑星に散らばってかくれるのよ」エルヴァ・モランが通信装置で伝えた。「あの男カルタン人が、戦略的にわたしたちに有利な地域に着陸するといいのだけれど」

《ブルージェイ》の宇宙戦闘機八機は砂漠惑星に向かい、大気圏に進入すると、見とおしの悪い山岳地帯に姿を消した。そこで待ちぶせするためだ。

エルヴァ・モランは宇宙戦闘機を山頂のすぐ下の深い岩の裂け目に向かわせ、スリープとともに降機した。新鮮な冷たい空気を深く吸いこむ。現在、惑星の夜間にあたる北半球に着陸したものの、あらたな日が急速に迫っていた。恒星バルトロは、まるでちいさな深紅の火球のようだ。さらに、ぜんぶで四十三惑星のうち、いくつかがかすかに見えた。ゴビは衛星を持たない数少ない惑星のひとつだ。

情報分析者は岩の上に腰かけ、谷を見おろした。目の前には、高い砂丘におおわれた砂漠がひろがる。そこに、植物はほとんどない。砂丘のあいだのいくつかの谷には、緑地帯が形成されていた。

「砂漠の下には、大量の水を蓄えた洞窟がある」武器シントロニカーが断定した。「きみが気づいたかどうかはわからないが、われわれの装置はそこに生命が存在するとしめしている。大型動物すらいるようだ。おそらく、恒星光を見たことのない、目を持たない生物だろう」

惑星ゴビの直径は一万一千八百キロメートル。重力は〇・九七五G。

空には星々が輝き、東からそよ風が吹く。とはいえ、砂丘と岩の形状から、極端な温度差と地域によって異なる土壌の性質により、異常にはげしい砂嵐が日常的に発生しているとわかる。

「機体にもどらなくちゃ」情報分析者はそう告げると、ふたたび立ちあがった。「カルタン人は、いつあらわれるやもしれないわ。着陸したらすぐに攻撃できるようにしておかないと。それに、ここにすわりこめば不要なリスクを冒すことになる。危険となりうる動物がいるかもしれないし」

「地表にはきっといないよ」スリープが応じた。

「わからないわよ。とにかく、軽率な行動で任務を危険にさらしたくないの」

8

けたたましい警報に、エルヴァ・モランと〝スリープ〟ことドニー・ワリーは驚いた。情報分析者は目をさますまで数秒かかったが、武器シントロニカーはただちに行動し、宇宙戦闘機のシステムを起動する。短い眠りには慣れっこで、すぐに反応できるのだ。

「メン＝ウォが着陸する」スリープが告げた。「ここから二十キロもはなれていないポイントだ。まさに格好の獲物だな！」

エルヴァ・モランは目をこすった。八時間以上待たされ、ようやくその時が訪れた。情報屋メン＝ウォがすぐそこにいる。《ホアング＝ダン》でやってきたのだ。それは既知の古いトリマラン船で、全長は二百五十メートルほど。

「きみのいうとおりにして正解だったな」スリープはそう告げ、外をさししめした。「見てくれ」

最初は友がなにをいっているのか、わからなかった。それでも、いわれたとおりに外を見ると、目のない巨大昆虫数匹が、うしろ脚で跳びはねながら宇宙戦闘機に近づいてくる。そのうちの数匹は砂地にとどまり、腹部を地面に近づけ、産卵しようとしていた。卵まではっきりと見える。繭《まゆ》につつまれた卵の長さは三十五センチメートルほど。

のこりの昆虫は宇宙戦闘機に近づき、グリーンの液体を噴射する。それは、ただちにシントロニクスによって、腐蝕性の酸と分析された。

「きわめて危険なものです」シントロニクスが報告する。「この酸には、皮膚を通して血液に侵入する可能性のある強力な毒がふくまれています。確実に重大な障害を引きおこし、おそらくは死にいたるでしょう」

「ありがとう」エルヴァがいった。「わたしたち、外に出るつもりはないわ」

数秒が経過する。《ホアング＝ダン》は着陸し、エンジンを切った。宇宙戦闘機のさまざまな装置により、船が静止状態に移行しているとわかる。そうなれば、緊急発進は不可能だ。上昇するには、すくなくとも二分はかかるだろう。

「時間は充分だ」スリープが告げ、情報分析者に向かってうなずいた。「はじめよう」

「まさにわたしもそういうつもりだった。いまよ！」

エルヴァがシステムのスイッチを入れた。エンジンがかかり、数秒後には宇宙戦闘機がかくれ場から飛びだす。〝ドレーク〟のメンバーふたりは、この瞬間すでに、カルタン船内に警報が鳴りひびいていることを知っていた。それでも、メン＝ウォが状況を把握し、反応するには数秒かかるだろう。

宇宙戦闘機はあっという間に加速し、《ホアング＝ダン》に向かって突進する。エルヴァとスリープはシートベルトに守られていた。完全にシントロニクスを信頼し、身をまかせる。

カルタン船が、文字どおりこちらに向かって急速に大きくなる。潰滅的結果をもたらす衝突は避けられそうもない。

宇宙戦闘機が《ホアング＝ダン》におよそ三百メートルまで近づくと、シントロニクスは点状の作用フィールドを持つ逆向きの牽引ビームのスイッチを入れた。エルヴァ・モランは、なにが起きているのかを追うことができない。あまりにも速すぎるからだ。牽引フィールドがすさまじい力でエアロック・ハッチのひとつに衝突し、これを粉砕した。百分の一秒後、牽引フィールドの圧力で内側ハッチが破裂する。百分の数秒後、生じた開口部から宇宙戦闘機はカルタン船に突入した。

主シントロニクスによって制御された反重力装置が作動し、瞬時に計算された数値に到達。乗員ふたりが減速による負荷を受けることなく、反重力装置は宇宙戦闘機をキャッチする。シートベルトが解除された。エルヴァ・モランと武器シントロニカーはシートを跳びだし、機体から降りる。

「こっちだ」男が叫び、粉々に吹きとんだ内側ハッチの破片でほぼ破壊されたべつのハッチをさししめした。残骸を蹴散らすと、司令室につづく通廊に向かって突進していく。

情報分析者は友につづいた。通廊に足を踏みいれる直前、一瞬だけ振りかえる。破壊されたハッチにより格納庫が相当なダメージを受けていた。そこに駐機するグライダー二機に、飛散した破片が貫通している。

スリープは、すでに次のハッチに到達していた。スイッチを操作すると、ハッチが音を立ててわきに吸いこまれる。これにより、司令室にまっすぐつづくべつの通廊が出現。メン＝ウォが司令室の開いたハッチのところに立っていた。五メートルもはなれていない。

武器シントロニカーは一瞬ためらったが、エルヴァ・モランは歩みをとめることなく近づいていく。

男カルタン人は、まるで石のように立ちつくしていた。宇宙船に対する奇襲に完全に驚いている。いまようやく、なにが起きたのか、理解しはじめたようだ。だがスリープは、相手にチャンスをあたえない。ターゲットに向かって、パラライザーからビームをはなつ。男カルタン人はその場にくずおれた。

「〝雷鳴〟作戦完了」武器シントロニカーが得意げにいった。メン＝ウォに近づき、指ほどの長さのパラライザーをとりあげる。袖にかくしていたのだ。

「この作戦に〝雷鳴〟という名前がついているとは知らなかったけど」エルヴァ・モランが応じた。「認めるしかないわね。すばらしい命名だわ」

女は司令室の装置類をさししめし、

「とりきめておいた合図を送らないとね」と、友に告げた。「そうしないと、さらなる〝雷鳴〟が起きかねないわ」

スリープはなにもいわず、麻痺して横たわる男カルタン人を跳びこえ、司令室に駆けこんだ。一瞬、周囲を見まわすと、通信装置のボタンをいくつか押しこむ。

間一髪だった！

次の瞬間、宇宙戦闘機二機が轟音《ごうおん》を立ててカルタン船の上を飛びこえた。文字どおり最後の瞬間、パイロットはシントロニクスに目標を通過するよう指示したのだ。

エルヴァ・モランはメン＝ウォのそばにかがみこみ、たちまち状態を確認すると、

「すくなくとも二時間は動けないわね」と、断定した。「危険はないわ」

「じゃ、行こう」スリープがうながした。「新しい外側ハッチをとりつけないと。メン＝ウォの取引相手になにも気づかれないうちに」

ふたりは格納庫にもどり、作業にとりかかった。たいていの宇宙船同様、必要な部品は格納庫の天井下に収納されている。ふたりが新しいハッチを固定具からはずす作業に没頭していると、クルダン・ヤルスと〝フィッツ〟ことオムレ・フィッツカラルドが応援に駆けつけた。

「すでにペリーに知らせてある」通信技師が伝えた。「ふたりの成功を祝福するように

いわれてきた」

「成功したわけではないわ」エルヴァが謙虚にいう。「ただ、カルタン人がたまたま近くに着陸した。幸運に恵まれただけよ」

フィッツはハッチの損傷を調べ、満足そうにうなずくと、

「まさに計算どおりの個所が破損しているな」と、告げた。「これなら、すぐに修復できる……すくなくとも外からはまったくわからないようにね。内側から貼りつけるのがいちばんだな。割れ目には外側からヤスリをかけて滑らかにし、スプレーを吹きつければ、色のちがいにも気づかれないだろう」

「まかせてくれ」クルダン・ヤルスがいった。

「それはよかった」フィッツが同意する。「じゃ、おれは修復個所を冷却する。メン＝ウォの顧客が温度差に気づき、疑念をいだかないように」

さらに〝ドレーク〟のメンバー数名がくわわると、エルヴァ・モランはスリープとともにカルタン船の司令室にもどった。メン＝ウォをクッション・シートにすわらせると、横になることができるように背もたれをたおす。そして、通信装置すべてのスイッチを入れ、ローダンにつないだ。これで、情報屋の取引相手があらわれたら、ただちに対応できるだろう。

ところが、ふたたび辛抱の時間がはじまった。なにも起こらないまま、時間だけが経

過する。すでに修復作業は完了していた。トリマラン船の損傷は、もう外部からはだれにも気づかれない。ほかの宇宙戦闘機はふたたび発進し、《ブルージェイ》にもどった。すでにスリープと情報分析者は、あらゆるシュプールを消していた。

一日が終わろうとしている。突然、疾風《しっぷう》がかけぬけ、《ホアング＝ダン》を砂塵でつつみこんだ。恒星がすでに沈んだかのような暗さが、周囲を支配する。

スリープが船載クロノメーターをさししめし、

「あと五時間だ」と、告げた。「そうすれば、十六日が終わる」

「五時間あれば、いろいろなことが起きるわ」

「ならば、なにか起きたら教えてくれ」スリープはあくびをすると、こうべを前に垂れ、そのまま寝いった。

「本当にうらやましいくらい、いい度胸しているわね。あなたは、これまで一度でも寝たりたことがあるのかしら」

どうやら、男カルタン人は動けるようになったようだ。エルヴァは気づいた。男を引きつづき無害な存在でいさせるためには、なにかしなければならない。とはいえ、ふたたび麻痺させるのは気が進まない。そこで、シートに縛りつけることにした。まもなくあらわれるはずの客人を相手に戦うさい、じゃまされないように。

エルヴァは、ふと探知スクリーンに目をやり、驚いてからだを起こした。《ブルージェイ》の搭載艇が近づいてくる。映像スクリーンでは、その機体が《ホアング＝ダン》から二百メートルほどはなれた地点に着陸してもまだ認識できない。

そこで、スリープを起こした。

「おい、これはどういうことだ？」友が訊いた。搭載艇を降りた乗員二十名が浮遊しながらこちらに近づいてくる。

女はエアロックのひとつを開け、

「まったくわからないわ」と、応じた。「いずれにせよ、応援部隊が到着したみたい」

最初の〝ドレーク〟のメンバーが司令室に入ってくるのを、ふたりは緊張しつつ待った。クルダン・ヤルスとオムレ・フィツカラルドだ。

「レノは、もっとましな乗員を派遣できなかったのか？」スリープが不平をもらした。

「だれか、まともに話せるやつを」

「そういってみたとも」ヤルスが機知に富んだ返答をする。「《ブルージェイ》には、そのような乗員が欠けているようだ。悪いが、われわれでがまんしてもらわないと」

搭載艇がふたたび飛びさっていく。

「それにしても、いったい全体どういうことなの？」情報分析者が訊いた。

「レノが提案したのさ。カンタロ船を……もしそれが一隻ならば……《ホアング＝ダン》で攻撃しようって」ハイパー通信スペシャリストが答えた。「たしかに、それは一考に値《あた》いする。カルタン人の顧客をけっして逃がしてはならない。引きかえす余裕をあたえないよう、奇襲攻撃をしかける必要がある。もちろんそれには、《ホアング＝ダン》から発砲するのが最適だ」

エルヴァは思った。フィッに同意せざるをえない。

クルダン・ヤルスは指揮官席に腰をおろし、

「おれは、レノに指揮をまかされた」と、告げた。「任務は、カンタロ船を攻撃し、惑星ゴビに着陸させること。メン＝ウォの顧客を攻撃して、船を損傷させ、われわれの期待どおりの行動をとるほかないようにしむけるつもりだ」

クルダン・ヤルスは司令室内を見てまわった。そのあいだに《ブルージェイ》のほかのメンバーが姿を見せる。指揮官のヤルスは、迅速かつ正確にさまざまな任務を振りわけた。その指示のしかたでわかる。入念な準備を重ねてきたにちがいない。《ホアング＝ダン》が発進したとき、だれもがなにをすべきかを承知していた。

ヤルスは、惑星ゴビをめぐる静止軌道にカルタン船を向かわせた。ここで待ちぶせるためだ。

九月十六日ものこすところわずかとなり、疑念が生じた。はたして、この情報は正しいものなのか。

「メン＝ウォを尋問すべきだ」クルダン・ヤルスが提案した。「ほかのだれよりも多くのことを知っているはず」

「それでも、なにひとつ教えてくれないでしょうよ」エルヴァ・モランが反論する。

「それに、尋問にはローダンの許可が必要だわ。許可される見こみは、ほとんどないけど」

「尋問するくらい、なにも問題ないさ」通信技師が食いさがる。

「あきらめて」エルヴァが注意をうながした。「ペリーがそう望んだなら、とうにしていたはずよ。それに、カンタロがこの瞬間にもあらわれて、通信を傍受するかもしれないわ」

通信技師は考えこむように女を見つめた。情報分析者にはわかった。友は、ローダンの承諾なしでも尋問するつもりにちがいない。

「なにがあっても、そうさせないわ」女は告げた。「忘れないで。わたしたちは自由商人の仲間に復帰したばかりなのよ。許可なく、あの男カルタン人に手をだせば、すぐにまた追放されるでしょうよ」

「わかっているとも」通信技師はしぶしぶいった。「だれも、メン＝ウォを問いつめようと思っているわけじゃない。ただ、いくつか質問をしたいだけだ」

情報分析者は友に笑いかけた。

「でも、カルタン人は答えないし、あなたは容赦しないでしょうよ。いいえ、それは通用しないわ」

警報が鳴りひびき、議論が終了する。探知スクリーンに、未知の宇宙船のリフレックスがあらわれた。〝永遠の船〟だ。そのかたちが、モニター・スクリーンにはっきりと浮かびあがる。

エルヴァとスリープは、短く視線を交わした。

「これで、情報が正しかったとわかったわね、スリープ」女がいった。「メン＝ウォの顧客がきたわ。これで取引相手が実際、カンタロかどうかがわかるわ」

司令室がしずまりかえった。男も女も固唾《かたず》をのんで待つ。たちまち異船が近づいてきた。

メン＝ウォとこの宇宙船の謎めいた操縦者とのあいだには、なにがとりきめられているのか？　意思疎通のための決まったシグナルはあるのか？　そもそもたがいに知りあいなのか？

エルヴァ・モランは魅いられたように、探知スクリーンを見つめた。異船はゆっくりと進む。このようなランデヴーではごくふつうのことだ。

「惑星ゴビの軌道に入るつもりにちがいない」クルダン・ヤルスが、まるで永遠の船に聞かれるのを懸念するかのごとく、ささやくようにいった。

「まだ罠に気づいていないようだな」フィッツがささやいた。「あとどれくらい待てばいいい？」

「もうすぐさ」ヤルスが答えた。「準備はいいか？」

「問題ない」

「ならば……砲撃開始だ！」

《ホアング＝ダン》が攻撃をしかけた。エネルギー砲が火を噴く。永遠の船の防御バリアが恒星のごとく輝いた。それでも、奇襲攻撃には耐えられない。最初の砲撃で早くも構造亀裂が生じた。エネルギー・ビームが貫通し、船殻に到達する。

あらゆる方向から自由商人の宇宙船が駆けつけ、遠かったにもかかわらず戦闘に参加した。永遠の船は反撃し、《ホアング＝ダン》がエネルギー衝撃に揺れる。それでも、カンタロの抵抗はたちまち弱まった。宇宙船は依然として高速で惑星ゴビに接近中だ。だが、あまりにも速すぎた。乗員は苦境に立たされているはず。攻撃をかわしつつ、墜落しないよう注意をはらわなければならないのだから。

「通常、この手の宇宙船は自己修復できるはず」《ホアング＝ダン》に援軍として送りこまれていた、だれかがいった。「とはいえ、こんどばかりは手に負えないだろう。この箱はもたない。ゴビに墜落するぞ」

「そのようね」エルヴァ・モランが応じた。

数秒後、ふたりとも正しかったことが明らかになる。情報屋の取引相手は船を維持できなかった。エネルギー攻撃を受けながら、船は砂漠惑星の上層大気圏に突入する。命中したエネルギー・ビームに宇宙船の防御バリアが震え、明滅しだした。追われる船の側面から炎が噴きだす。いまや、完全に反撃をあきらめたようだ。

「まもなく、決着がつくな」クルダン・ヤルスが勝ちほこったようにいう。

爆発がカンタロ船を揺るがし、ふらふらしだした。

「砲撃をやめろ」ローダンの声が司令室のスピーカーから響いた。「もう充分だ」

「不時着するにちがいない」スリープが興奮していった。目が輝いている。「まさに望みどおりの場所に誘導できた。乗員は生きているはず。あとはただ、外に引きずりだすだけだ」

「それが作戦行動のもっともむずかしい部分だろうな」クルダン・ヤルスがつけくわえた。

永遠の船は、ゴビの大気圏を突きぬけた。観察スクリーンには、もはや巨大な火球がうつるだけ。そのあとには長い炎の尾がつづく。それでも《ホアング＝ダン》の計器によれば、損傷した船は制御された緊急着陸を試みるようだ。正確な数値で減速し、さらに針路は、ポジトロニクスによって定められたものであり、たんなる惑星の自然の力によるものではない。

損傷した船をカルタン船が追う。ただちに介入し、逃亡を試みようものならすぐにでも攻撃する準備がととのっていた。ところが、まもなく、カンタロ船にはもう逃げだす力ものこっていないことが明らかになる。船は、広大な砂漠地帯におりたった。そこでは砂嵐が荒れくるう。

「終わったな」スリープがいった。

探知装置を使い、カンタロ船が着陸するようすを見守る。船は不時着し、さらなる損傷を被った。

カルタン船は、難破船から一キロほどしかはなれていない場所に着陸した。カルタン船は砂嵐にびくともしない。完全なエネルギー・バリアがそれを楽々と跳ねかえす。

「ほかの船も着陸するようだ」クルダン・ヤルスが告げた。「すくなくとも四隻。難破船のまわりに包囲網を形成する」

「本当にカンタロが乗っているのか?」フィツが訊いた。「それとも、ほかのだれかか? もちろん船が単独で操縦可能だとしても、ひとりではないだろう。もし、ほかにだれかいるなら、その者はどうなったのか?」

「質問ばかりだな! われわれにわかるわけがない」スリープが応じた。「確実なのは、ただひとつ。向こうはもう、われわれの許可なしには発進できない。そしてその許可は得られない。ちがうか?」

「まさにそのとおりよ」エルヴァ・モランがいい、満足そうにシートから立ちあがった。

「ペリーがこれからどうでるか、楽しみだわ」

「待つだろうよ」と、武器シントロニカー。

そして、その言葉どおりになった。

なにも起こらないまま、時間だけが過ぎていく。恒星はとうに沈み、あたりは暗闇につつまれた。《ブルージェイ》、カルタン船、ほかの自由商人の船は着陸し、その投光器が難破船を明るい光で照らす。ペリー・ローダンは定期的にカンタロ船の乗員とのコンタクトを試みたが、反応はない。船の一部は自己修復しているようだ。おそらく、船内でもなんらかの作業が進められているだろう。ロボット装置がプログラミングどおりの作業にあたっているとしても、損傷はきわめて広範囲にわたる。当面は、発進できないだろう。

「もし、カンタロ船の修理が完了しても、ペリーはスタートさせないでしょうよ」エルヴァ・モランが指摘する。「そもそも、発進を試みるのはばかげているわ。カンタロはあきらめて、わたしたちと話しあうべきよ」

《ブルージェイ》のレノ・ヤンティルが呼びかけ、

「きみたちがいちばん近い」と、告げた。「だから、ペドラスをそちらに向かわせた。話があるのだ」

そう告げると、通信を切った。

「盗聴を恐れているわけだ」クルダン・ヤルスが断定した。「計画をカンタロに知られるわけにはいかないからな」

カンタロ船と《ブルージェイ》のあいだまで、すでにかれらはきていた。ペドラス・フォッホは、だれにも気づかれることなく、およそ三十名の男たちとともにカルタン船に近づくことができた。副官はひとりで司令室を訪れると、

「難破船に侵入を試みようと思う」と、説明した。「志願者をいっしょに連れてきたが、さらに男数名が必要だ。参加したい者は？」

「希望します」スリープが応じた。「さもないと、寝てしまいそうだから」

「おれも行きます」フィッツが名乗りでた。「その手の船内をずっと見てみたかったので」

「わたしは意思疎通に役だつかもしれません」エルヴァ・モランがつけくわえた。

「悪いが」ペドラスが断った。「ペリーは、まずは男たちだけで突入するつもりだ」

「男尊女卑にもほどがあるわ」女は文句をいったが、本気ではない。すぐに抗議をあきらめた。ペドラス・フォッホがたちまち志願者をそろえたから。

ペリー・ローダンが、ふたたびカンタロ船の乗員とのコンタクトを試みた。それがむだに終わると、特務部隊の男たちは戦闘服を身につけ、カンタロ船に近づいていく。

ペドラス・フォッホが〝ドレーク〟のメンバーたちをひきいた。反重力装置で前進し、

体力をむだに消耗しないようにする。砂漠の地面すれすれを滑るように進んだ。散開しながら列を形成し、難破船に近づくにつれて、ますます間隔をとる。

突然、砂嵐がやみ、舞いあがった砂が地面にもどった。

スリープが前方の奇妙な動きに気づいた。ヘルメット投光器をそちらに向ける。巨大な昆虫数匹が砂丘のあいだにかくれるのが見えた。昆虫たちは目を持たないかわりに、感知能力にすぐれているようだ。突然、スリープとそのとなりで浮遊するフィッツに跳びかかってきた。スリープは冷静だ。昆虫はエネルギー・バリアに衝突し、跳ねかえされた。毒をまきちらすが、相手にはとどかない。

ほかの男たちは、ちがう反応を見せた。巨大昆虫がカタパルトのごとく突然、自分たちに向かって跳びだしてくると、あわてふためき、昆虫を撃退しようとする。ひとりがエネルギー・ビームをはなった。二匹に命中し、絶命する。同時に腐食性の毒が燃えあがり、火球がふたつ生じた。

「撃つな！」ペドラス・フォッホが叫んだ。「いらぬ注意を引くだけだ！」

ほかの昆虫たちは大きくジャンプしながら逃げていく。その動きは、スリープにはカンガルーを彷彿《ほうふつ》させた。もっとも、映画で見たことしかないが。

数秒ほど、混乱が生じた。特務部隊の男たちは気をそらされた。だれもこのようなはげしい爆発を予想していなかったから。視線はわずか五十メートル先の難破船に注がれる。ハッチがいくつか開き、船の周囲には輝くエネルギー・フィールドが形成されていた。

スリープははげしい一撃を感じた。制御を失い、エネルギー・フィールドによって押しもどされながら、よるべなく空中を旋回する。

「気をつけろ！」ペドラス・フォッホが驚きのあまり、意味のない言葉を叫んだ。

武器シントロニカーは、飛行を制御しようと試みた。上空からほかのメンバーが落下し、背中を岩に打ちつける。驚いたことに、防御バリアを展開していなかったようだ。背嚢《はいのう》装置が不気味な音をたてて壊れる。スリープは体勢を立てなおし、男のもとにすぐに駆けつけた。

「退却だ」ペリー・ローダンの声がヘルメット・スピーカーから響く。「これ以上のリスクを冒すな」

スリープは落下した乗員の上にかがみこむ。男が絶命していることにたちまち気づいた。

その遺体をかかえ、《ホアング＝ダン》の安全な掩体《えんたい》に運ぶ。

ふたたび砂嵐が巻きおこり、視界はわずか数メートルしか利かない。

武器シントロニカーは牽引ビームにとらえられ、カルタン船にやさしく引きよせられるのを感じた。

「べつの方法を見つけなければ」ローダンの声が聞こえた。

「それも可及的すみやかに。

ここに長くとどまるわけにはいかない」

それ以上、なにもつけくわえる必要はない。スリープは、格納庫の床に遺体を横たえながら、そう考えた。いま、この瞬間にもここにあらたなカンタロが出現するかもしれない。仲間のカンタロはこの船の不在に気づくだろう。いまやそれが残骸と化したことに、このまま甘んじるはずがない。

ひとり、またひとりと格納庫にもどり、最後の者が乗りこむとハッチが閉じた。武器シントロニカーはヘルメットをはずした。かたわらに立つフィッツを見つめ、

「これからどうする、フィッツ？」と、訊いた。

「なにか考えないといけないな。いずれにせよ、このままではまずい。それでもきっと、なにかほかの方法が見つかるさ」

囚人の名はダアルショル

ペーター・グリーゼ

登場人物

ペリー・ローダン……………………銀河系船団最高指揮官
レジナルド・ブル（ブリー）…………《シマロン》指揮官
グッキー………………………………ネズミ＝ビーバー
イホ・トロト…………………………ハルト人
アンブッシュ・サトー………………超現実学者
レノ・ヤンティル……………………《ブルージェイ》船長
ペドラス・フォッホ…………………同副官
オムレ・フィツカラルド……………同ハイパー通信スペシャリスト。通称フィツ
メン＝ウォ……………………………情報屋
ダアルショル…………………………カンタロ。別名アロクトン

1

「犠牲者はひとりで充分だ」ペリー・ローダンが真顔でいった。「われわれ、重大な局面を迎えようとしているが、だからといって人命を危険にさらすことがあってはならない」

《シマロン》の中央司令室にいた乗員のうち、これに異議を唱える者はひとりもいない。すぐちかくの制御センターで耳をかたむける首席操縦士で船長のイアン・ロングウィンも、副操縦士ラランド・ミシュコムもしかり。

《シマロン》の首席技師ヴェエ・ユィイ・リィは、首席科学者で超現実学者のアンブッシュ・サトーとともに、自由商人がカンタロ船に突入できたさいに入手するであろうデータを分析するため、ラボにこもっていた。ペリー・ローダンは、これによる有用な情報を期待していないものの、専門家ふたりのしたいようにさせていた。

レジナルド・ブルもネズミ＝ビーバーのグッキーもすぐそばにいる大切な相談相手だ。エイレーネ、コヴァル・インガード、アッタヴェンノクのベオドゥは、協議にはほとんど参加しないものの、その表情から強い関心がうかがえる。

砂漠惑星ゴビに着陸したほかの宇宙船三隻の幹部たちもテレカムを通じ、作戦会議に参加していた。そのうちとりわけ重要なのは、《ブルージェイ》の自由商人、つまり名誉を回復した指揮官レノ・ヤンティル、戦闘経験豊富な副官ペドラス・フォッホ、同じく副官のマリブ・ヴァロッザ、ハイパー通信スペシャリストのオムレ・フィッツカラルドだ。

砂漠惑星の軌道上で待機する船とは、個別に通信が確立していた。その二隻は宇宙空間を守り、情報屋メン＝ウォとその船《ホアング＝ダン》の監視にあたっている。

だれもが状況を理解していたが、現時点ではとほうにくれていた。ペドラス・フォッホのコマンド作戦が失敗に終わったことが原因だ。ロワ・ダントンならびにロナルド・テケナーひきいる自由商人に属する〝ドレーク〟という組織のメンバーたちは、はげしく損傷し、不時着したカンタロ船を制圧できなかったのだ。

自由商人のひとりが命を落とした。これは痛ましいことであり、自由商人であれ、テラナーであれ、ギャラクティカーであれ、だれもがそう感じていた。この最初の作戦行動においてほかに犠牲者が出なかったのは、ひとえにコマンド指揮官ペドラス・フォッホの機転のおかげといえよう。

ペリー・ローダンが言及した重大な局面とは、もちろん、難破船内のカンタロとおぼしき存在のことだ。カンタロが銀河系のあらたな支配者であることは、まずまちがいない。

この未知の存在についていえることは、まだそのほとんどが憶測にすぎない。それでも、リシュタル星系ですでに明らかになったように、カンタロは高度技術を有するのみならず、カンタロ自身が純粋な有機生物ではないという。第四惑星アイシュラン＝ホで見つけた手がかりによれば、カンタロがドロイドであるのは明白だ。つまり、シントロニクス的要素と生体的要素をあわせもつ存在ということ。

さらなる証拠もいま目の前にある。難破船とともども、自由商人の手に落ちたカンタロだ。敵はいまだ、侵入者に対してあらゆる手段で抵抗しつづけているが。

ここ銀河系辺境における状況は、まったく明確ではない。それでもひと筋の希望の光がともる。赤色巨星バルトロの砂漠惑星ゴビに不時着させたこの宇宙船は、カンタロのものにちがいない。

それは、ベカッスのもとに訪れる〝永遠の船〟に似ていた。ベカッスと謎めいたカンタロの関係性はまだ完全にははっきりしないが、なんらかのつながりがあるのは明らかだ。

この手がかりは、あらゆる関連において非常に重要となるだろう。手遅れにならないうちに活かさなければ。たしかに、時間的要因は重大な役割をはたす。自由商人船がカンタロを襲撃したとき、その宇宙船は大きな損傷を被った。明らかにエンジン・システムだけでなく、通信システムも影響を受けたはず。それゆえ、緊急信号も救助要請もいっさい傍受されなかった。

監視カメラの詳細分析によれば、船体底面に設置された五次元アンテナが攻撃に耐えきれなかったことが明らかとなっていた。おそらくこれが、救援要請が検知されなかった原因だろう。

ペリー・ローダンにとりこの事実がどれほど明確であれ、ほかのカンタロがこの船の不在にとうに気づき、捜索部隊を派遣している可能性を排除することはできない。つまり、時間に迫られているわけだ。

もちろん、合計六隻の無傷の宇宙船を持つ自由商人は、カンタロより優位にある。とはいえ、それも意味はない。

《アルハ・タルコン》すなわち〝アルコンの星〟は、《イエーリング》に乗るブルー族とともに砂漠惑星の軌道上で、拿捕《だほ》した情報屋メン＝ウォの宇宙船《ホアング＝ダン》を監視中だ。ローダンはもはやこの男カルタン人に用はないが、このまま解放するわけにはいかなかった。情報屋が自分たちを売るに決まっているから。この不安定な時代において銀河系辺縁部では、あらゆる情報が莫大な金額で取引される……心を支配する不安と、運命を左右する不吉な勢力のせいだ。

そしてこの勢力のうち、銀河系辺縁部においてももっとも重要なのは、どうやら謎めいたカンタロのようだ。

《アルハ・タルコン》と《イエーリング》は、惑星ゴビに着陸した四隻のためいつでも介入できるよう待機していた。ローダンはその可能性は低いと予想していたが、慎重にふるまうようにこしたことはない。カンタロについてはまだ、ほとんどわかっていないことばかりなのだから。

テラナーにとり《シマロン》は実際、銀河系船団が同盟を結んだ自由商人船と同様にみなされていた。不時着したカンタロ船を四角形にかこむほかの三隻は、《モンテゴ・ベイ》《ブルージェイ》、そしてふたつ折り構造のハウリ船《ヴァレ・ダク・ズル》だ。カンタロ船は、戦闘船四隻が形成する四角形の対角線二本の交点に位置する。それぞれの監視船からの距離はおよそ二千六百メートル。

全長二百五十メートルのカンタロ船は、下向きに突きでた連結装置を利用して不時着し、それがクレーターに似た大きな穴を地表につくりだした。おそらく、これにより重大な損傷を受けたにちがいない。現在、船は、船尾から船首方向を見ると六十度ほどわきにかたむいている。連結脚は岩の地面に深く刺さっていた。

自由商人の攻撃でカンタロ船の外殻に生じた損傷は目を引くものだった。遷移エンジンが搭載された船尾には大きな穴があいている。ほかの部分にも戦いの爪痕が見られた。まちがいなく、船内には生存者がいるはずだ。損傷が見られるのはいくつかのセクターだけだから。ペドラス・フォッホが突入を試みたさい、はげしい抵抗にあったのもその証拠だ。

とはいえ、ペリー・ローダンとその側近はとほうにくれていた。敵を追いつめてはいるものの、致命的ダメージをあたえずに短時間で近づくのは不可能だ。カンタロを殺すのはテラナーのモラルに反する。もっとも……死んだカンタロはなんの役にもたたないだろう。

この難破船はさまざまな方法により、暗闇でもよく見えた。必要でないかぎり、投光器で直接船を照らすことはない。

残光増幅装置、あるいは赤外線探知機、あるいはエネルギー探知機が映像のたぐいを提供する。探知システムが機能するのはとりわけ、戦闘によってはげしく熱をおびているセクターがまだ船にいくつか存在するせいだ。カンタロ船をつつみこみ、微光をはなつエネルギー・バリアのおかげもある。敵は弱りはて、このバリアしか構築できなかったように見えた。ところが、ペドラス・フォッホが突入したさい、ただちにそれは誤解だと判明する。

《シマロン》のシントロニクス結合体は、さまざまな観察システムや探知システムから、いくつかの映像を生成した。その質は、明るい日の光のもと、間近に見る実物となにも変わらない。

カンタロ船は、砂漠で静止していた。外観からは、生存者がいるようには見えない。フォッホの突撃時のように、弱々しい防御バリアがふたたびはげしく燃えあがる可能性はあるかもしれないが。

戦闘船四隻にとり、カンタロ船をまるごとスクラップにするのは容易だろう。だがそうすれば、ドロイドを生けどりにするという主たる目的が非常にあやうくなる。それゆえ、その手の方法は論外だ。

ローダンは、通信センターからのあらたな報告を待っていた。そこから絶えず、通常の周波数でカンタロとのコンタクトを試みている。とはいえ、いまのところ一度も応答がない。不時着した船は、死んだかのように見えた。フォッホが突入しようとしたさい、はげしい抵抗にあわなかったならば、船内にもはや生存者がいるとは思えないだろう。

「自動防御システムが反応したのかもしれませんな」この点に関してブリーが推測する。

「われわれはただ、死体を追いかけているだけなのかもしれない。あるいは、半生体生物とおぼしきカンタロが、自己停止した可能性も排除できませんが」

「根拠のない憶測にすぎません」シントロニクス結合体が冷静に告げた。「わたしには、慎重な計画のもと、さらに装備をととのえた部隊で再度突入を試みるよう、提案することしかできません」

「時間は無限にあるわけじゃないよ」グッキーが念を押す。「カンタロが気づかれないうちに救難信号を送ることに成功していなくても、仲間はこの船が消えたことに気づくだろうね。いつか、探しにやってくるよ。でもってぼくらは、カンタロが技術的にはるかにうわまわるってことを知ってる。だから、ただちに行動しなくちゃ。なんで、テレポーテーションを試みちゃいけないの？」

「危険すぎるからだ、ちび」ペリー・ローダンは、ネズミ＝ビーバーの提案をふたたび却下した。「見通しのたたないリスクを冒すつもりはない。われわれ、この敵についてはほとんどなにも知らないし、その防御バリアについてもほぼ情報がないのだ」

「虎穴に入らずんば虎子を得ずだよ」イルトが不満を漏らした。

「危険を冒さなければ、失敗することもないわ」制御センターからラランド・ミシュコムが呼びかけた。「これは古いアフリカの格言ではないけど」

ローダンは、この議論がほとんどむだだとわかった。直接、通信センターに問いあわせてみるが、状況はなにも変わらない。難破船は依然として呼びかけに反応しないという。

テラナーはたしかに、近いうちにさらなる援軍を期待できた。ニッキ・フリッケルひきいる《ソロン》が、かつての集合地点フェニックス＝1で待機している。女船長は、もどってきた銀河系船団の船すべてをただちに、自由商人の基地惑星に誘導する役目をになっていた。

つまり、《ハルタ》も《ハーモニー》も基地惑星フェニックスを擁するセレス星系に向かっているはず。それどころか、すでに到着しているかもしれない。

カンタロ船に対するあらたな戦略を立てさせるため、テラナーがシントロニクス結合体に話しかけようとしたちょうどそのとき、画面が明るくなった。超現実学者アンブッシュ・サトーのほぼ球形の大きすぎる頭がそこにあらわれる。

大きな褐色の目がペリー・ローダンに向けられ、細い唇がわずかに動いた。この科学者がなにか重要な報告をするさいの明確な合図だ。

「ヴェエ・ユィイとわたしは、ペドラス・フォッホの突撃時に突如発生した致命的エネルギー・フィールドを厳密に測定しました」科学者が、明るい声ではっきり告げた。「われわれ、記録データを正しく分析できたと確信しています。生じたエネルギー束は共通の放射源までかなり正確に追跡可能です。そして、そこにはエネルギー・フィールドを構築したジェネレーターがあるはずです。ごらんください！」

アンブッシュ・サトーが、べつのスクリーンのスイッチを入れた。そこに、カンタロ船の見取り図がうつしだされる。既知の防御バリア・プロジェクター下の一部が紺色で、シガー形の船首エリアは一部が淡紅色でしめされていた。

「これはつまり」超現実学者が補足する。「この紺色部分にジェネレーターが存在するということ。ベカッスの〝永遠の船〟の分析からわかったのは、乗員のキャビンは船首エリアにのみ配置され、それがこのように赤く表示されています。両セクター間の距離は、およそ百二十メートル」

「なるほど」ペリー・ローダンが応じた。「きみのいいたいことはわかった。つまり、この紺色部分に砲火を浴びせても、実際にカンタロに命中する恐れはないわけだ。それでもし、ジェネレーターを破壊できれば、カンタロ船はもっとも効果的な武器を奪われることになる」

「ヴェエ・ユィイもわたしも、まさに同じ見解です」アンブッシュ・サトーが肯定する。「致命的エネルギー・フィールドがなくなれば、カンタロ船を比較的安全に制圧できるでしょう」

「それは次の段階で考慮しよう」ローダンが応じた。「相手がさらに沈黙を守りつづけたとしても、これですくなくとも事態を打開できる……」

テラナーが最後までいいおえないうちに、突然、船外で大きな砲撃音が鳴りひびいた。イアン・ロングウィンがただちに、防御バリアの出力を最大に引きあげる。どうやら、シントロニクス結合体は反応していないようだ。轟音《ごうおん》から、大型分子破壊砲だとわかる。

惑星の地表における投入は、つねにきわめて危険視されるべきものだが。

ペリー・ローダンは悪態をつき、

「次元の善悪の精霊よ、このようにむやみに発砲するとは、だれの頭がおかしくなったのか？」と、怒りをあらわに叫んだ。

カンタロ船ではないことは、メイン・スクリーンで容易に確認できる。

「《ブルージェイ》です」シントロニクス結合体が告げた。「〝ドレーク〟のメンバーがカンタロ船を砲撃しました」

「いくらなんでも、やりすぎだ！」テラナーが怒りを爆発させた。「この自制心のなさときたら！　レノ・ヤンティルにつぐなわせなければ。名誉を回復し、また分別のある同志にもどったとばかり思っていたのだが！」

＊

男はひとりきりだった。孤独は気にならない。慣れっこだ。それでも、この状況は異常といえる。ふたつのものにつつみこまれていた……かつての誇り高き《バルシーバ》と孤独に。

宇宙船は、もはやその名に値《あた》いするものではない。システムの多くはまだ作動しているものの、実際《バルシーバ》はスクラップ同然だった。これは、あの情報屋とテラナーによる陰謀のせいだ。

やつらは外で待ちぶせている。男を手中におさめるチャンスをうかがっているのだ。敵は男をあまりに過小評価している。有機的であれ無機的であれ、知性細胞も記憶装置も思考プロセッサーもそれを疑わない。それだけではない。敵は《バルシーバ》についても完全に誤解している。船内に多くの知性体が存在すると思っているのだ。

カンタロの乗員が大勢いると。

この情報は完全ではないかもしれないが、状況の真の姿をとらえるには充分だろう。敵は《バルシーバ》内に多くの乗員を想定し、力と策略で忍びよるつもりだ。船内にはたくさんの悪党が待ちかまえ、テラナーとの壮絶な戦いに臨もうとしていると、思いこんでいるにちがいない。

なんと、ばかげたことか。かれらが想定しているのは、乱暴者の群れ、悪魔にとりつかれた存在、高度な技術を持つ戦闘マシン。あるいは、銀河系の支配者、おろかな考えにとりつかれた恐ろしい魂かもしれない。

実際の悪党は、やつらのほうだ。それは、この卑劣な行為によりすでに証明された。

孤独な男は、敵の誤解についてもとうによくわかっていた。

なぜなら、この難破船《バルシーバ》に思考する存在は、たったひとりしかいないのだから。

それはダアルショル、カンタロだ！

＊

ダアルショルの状況は楽観的とはいえないが、それでも実際、懸念するほどではなかった。半壊の《バルシーバ》にも動揺することはない。まだ敵にとらえられたわけではないし、もし敵の手に落ちたとしても、それで最終的な決着がつくわけではない。

光速プロセッサーは、このようなケースにおける行動についてすでにいくつかの計画を立てていた。そして、それらの計画は、中央監視シントロン制御要素により、絶対の信頼を受け、有望と判断された。

いや、懸念する理由はない。うわべは、孤独な男が敗者、敵の手におちいった被害者に見えるかもしれない。だが、男の心の内はまったくちがっていた。

それでも、男を悩ませる葛藤があった。

シントロン知性の一部は、ただちに降伏し、敵の力に屈するべきだという。だが、またべつの一部と生体脳がこれに全力であらがい、敵との戦いに解決策を見いだそうとする。

いつかは、カンタロ自身が決断しなければならない。とはいえ、まだ時間がある。この異なるふたつの見解には、それぞれもっともな理由があった。

外では、暗闇が支配している。テラナーや自由商人と名乗る者たちがゴビと名づけた惑星のこちら側は夜だった。これは、いつわりの闇だ。なぜなら、孤独な男の内部ではすべてが目をさまし、活動しているから。敵もまた、同じような状態だろう。あるいはちがうのか？　生物である敵の体内にはシントロニクス的要素がない……大きな欠点であり、弱点だ。

敵はカンタロについてほとんどなにも知らないが、男は敵について多くを知っていた。男がなにを知っているか、敵が知ることはけっしてないだろう。

それを防ぐ方法を男は知っているはずだから。これらの記憶へのアクセスをはばむまでもなく、その内容はゆがめられ、最終的には消去されるだろうから。その後の情報は表面的には正確なものに見えるはず。敵はこれを理解し、おそらく受けいれるだろう。だが、それはシントロニクスによって細工された、ただの誤情報にすぎない。

もっとも、そうなるまでにはまだ時間がかかるだろう。たいして長い時間ではない。男は、そこの外にいる生物と最終的にはコンタクトをとりたいと望んでいたから。ほかに解決策が見つからないかぎり、この要求にしたがわなければならない。コンタクトをとる理由は、やむをえないものだったから。

この宇宙船は、もはやスクラップ同然だ。システムの四分の三以上が問題なく機能し、孤独な男につねに情報を提供していたとしても、その事実は変わらない。エンジンが壊れていた。船はもう自己修復できない。男自身が手を貸したところで、修復は不可能だろう。

それゆえ、敵の助けが必要だ。なぜなら、敵はすぐ近くに飛行可能な宇宙船六隻を有するから。それに、情報屋メン＝ウォの宇宙船もある。有用な船はあるが、いずれも男を銀河系内部に運ぶにはいたらない。必要とあらば、同胞のカンタロ船に近づくだけで充分だろう。

重要なのはただ、可及的すみやかに銀河系内部に到達することのみ。なんとしてでも、生きながらえたい。男はこの自然な欲求を制御する。敵は、バリアを突破できる宇宙船を持たないのだ。

それも当然だ！

すべてが、奇妙で予想外の方向に進展してしまった。男は甘すぎた……もしこの言葉が、半シントロニクス、ドロイド、あるいは生体技術とシントロン技術をあわせ持つマルチ論理者に許されるならば。

甘すぎた！　はっきりいえば、男の論理プロセッサーは出しぬかれたのだ。当然ながら、つねに存在する学習プログラミングがこのシントロニクスの欠陥をとうに埋めていた。こうしたエラーは二度と生じないだろう。

だが、もう手遅れだった。《バルシーバ》はもはやスクラップも同然だ。そして、宇宙船を失ったことよりも重大な問題がある。きっと、敵はそれにまったく気づいていないはず。

それも当然だ！

男の体内には、小型のシントロニクスがあり、その独立した部分にある特殊クロノメーターが規則的インパルスにより、近未来の避けがたい結果を男に思いださせる。いまもなお、その結果に影響をおよぼすことは可能だ。影響をおよぼしてやろう。そして、あのおろか者たちが男の助手となるのだ。なんといっても《バルシーバ》を破壊したのは、かれらなのだから。

戦うか、降伏するか？　それが問題だ。

そして、独立クロノメーターの規則的インパルスが、男の生体的要素の神経をさいなむ……

戦うのだ！　敵がふたたび《バルシーバ》に攻撃をしかけてきた。

2

グッキーも跳びあがった。〝ドレーク〟の連中の身勝手な行動に、イルトも大きなショックを受けたのだ。ただ、コヴァル・インガードだけが冷静な反応を見せた。この若者は、慣れない環境においてしばしば寡黙になる。そんなとき、エイレーネの気づかいやはげましの言葉もなんの役にもたたない。いま、若者はきっぱりといった。

「だれか訊いてみたのですか、なぜ《ブルージェイ》が発砲したのか？」

「きみのいうとおりかもしれないな」と、ペリー・ローダン。青筋が立つほどの怒りがややややわらいだ。コヴァルのいいたいことはわかる。もしかすると、〝ドレーク〟のメンバーを非難するのは早計かもしれない。「それでも、理由をはっきりさせたいのだ」

「もちろんです」山の民〝テラの子供たち〟の若者が答えた。

「なにを興奮しているのです！」こんどは、アンブッシュ・サトーまでペリー・ローダンに異議を唱えた。「レノ・ヤンティルはおろかではありません。自分のすることをわかっているはず。そして、副官ペドラス・フォッホも武器マイスターです。あの〝ドレーク〟の悪魔どもが、なにをたくらんでいるのか、わたしも知りたい」

「なにをたくらんでいるというのだ?」テラナーが驚いていった。

「かれらは、あるポイントに向かって正確に発砲したのです」超現実学者が説明した。

「ヴェエ・ユィイ・リィとわたしが計算し、カンタロ船の見取り図に紺色でしめした例のポイントです。どうやら〝ドレーク〟の連中は、われわれの助言なしにカンタロの弱点を見抜いたようですね」

「つまり」ペリー・ローダンが慎重に訊きかえした。まだ信じきれなかったから。

「〝ドレーク〟たちはまさに、致命的エネルギー・フィールドを生じさせるジェネレーターを狙って発砲したということか?」

「そのとおりです! もうひとつ賢いことをいえば、あなたも超現実学者の仲間入りができますよ」

「レノ・ヤンティルと話がしたい」ローダンはその言葉を受けながし、告げた。

「通信が確立しました」《シマロン》のシントロニクス結合体がすぐに報告する。

「〝ドレーク〟のリーダーは、われわれと同じ方針のようです。それに、おそらく自分の過ちをまだ完全には消化しきれていないのでしょう。さらなる名誉回復を試みようとしたのです。それを部下たちが支援しています。オムレ・フィツカラルドは《ブルージェイ》のシントロニクス結合体によって、アンブッシュ・サトーやヴェエ・ユィイ・リィと同じ結論に達しました。そして、ただちに実行したのです。それでもレノを責めるつもりですか、ペリー・ローダン？　あなた自身、何度も時間が迫っていると強調してきたではありませんか」

「レノは、事前に連絡をよこすべきだった」テラナーがかなりの譲歩を見せる。

「あんたは、〝ドレーク〟の連中の自由奔放で向こうみずな性格を知ってるじゃないか」グッキーが一本牙《きば》をむきだしてみせた。

映像スクリーンが明るくなった。一瞬、ヤンティルの大きな鼻とふくよかな唇だけが見え、その後、カメラが〝ドレーク〟のリーダーの頭部と上半身をうつしだす位置に移動する。

「ペリー・ローダン、すこし遅かったようですね」レノ・ヤンティルがただちに大声をたてた。その顔がにやりと笑う。「やつの弱点を見つけました。ジェネレーターのある場所です。カンタロの難破船は、まだ防御バリアがいくつか機能している。あなたの《シマロン》で、わが友ペドラス・フォッホの砲撃を援護してもらえませんか？　われわれだけでは、どうしようもなくて」

ローダンは、グッキーがテレポーテーションするのを目のはしでとらえた。

そのあいだも、《ブルージェイ》はカンタロ船に向かって発砲しつづけた。難破船の防御バリアが明滅し、揺らめくが、崩壊するまでにはいたらない。弱まっているようにも見えるが、《ブルージェイ》はまだ決定的な突破口をひらいてはいなかった。

「計画を事前に知らせてくれたらよかったのに！」ペリー・ローダンは〝ドレーク〟のリーダーを非難した。

「たくさん質問する者はたくさんの答えを得る」レノ・ヤンティルが平然といった。「たくさん質問し、たくさん答える者は、多くの時間を失う。多くの時間を失う者は、たちまち背後にさらなる敵が迫る。あなたには、この程度の講義で充分でしょうか？　おそらく、あなたはもうろくした《シマロン》がまだどうにかとらえられる映像に集中したほうがいい」

ペリー・ローダンは、たいらなプラットフォームに乗った〝ドレーク〟のメンバー十五名が《ブルージェイ》から射出され、数センチメートルほど地表から浮きながらカンタロ船に向かっていくのを見た。セランに身をつつみ、文字どおり完全武装している。それでもテラナーには、この作戦が完全に狂気じみたものに思えた。敵船に侵入するのは、いまだ不可能なのだから。

「乗員を引きとめるのだ、レノ！」ローダンにはわかっていた。レノ・ヤンティルはよかれと思って、主導権を奪ったにちがいない。それはまだ、がまんできる。だが、過酷な試練に向かおうとしている十五名は、なにがなんでもとめなければ。「まずは難題を解決しよう」

レノ・ヤンティルは了承した。

グッキーはローダンのとなりで実体化し、〝ドレーク〟のひとりをおろした。ペドラス・フォッホだ。どなり散らしている。数秒もたたないうちに、ふたたびイルトが《ブルージェイ》のさらなる戦士二名を連れてきた。

「もうやめてください」レノ・ヤンティルがいった。グッキーの誘拐のことだろう。

「いったん、突撃を中止しました。あなたのいうとおりだ、ペリー。まずはカンタロの急所を狙わなければ。その後、突入します」

「そのほうがいい」ペリー・ローダンは一瞬、笑みを浮かべると、イアン・ロングウィンに向かって手を振った。話し好きなブルー族の首席技師ヴェエ・ユィイ・リィはとうにラボをはなれ、《ブルージェイ》を支援するための出動計画をすでに用意していた。

ローダンは、同意をしめした。このような状況においては、多くを語る必要はない。そう理解していたのは、《ブルージェイ》から事態を見守るレノ・ヤンティルも同様だった。

両宇宙船は、カンタロ船の船尾エリアを集中的に狙った。まだ機能するジェネレーターがあると思われる場所だ。《シマロン》のシントロニクス結合体はすでに、《ヴァレ・ダク・ズル》と《モンテゴ・ベイ》にも状況を伝えていた。どちらの船も緊急時にはただちに介入できるが、いまは惑星ゴビの外側の監視に集中している。

《シマロン》と《ブルージェイ》が、一定間隔でカンタロ船の船尾エリアに集中砲火を浴びせかける。ペリー・ローダンは急にいやな予感をおぼえた。物理的な攻撃よりも言葉による説得のほうがずっといいはず。背後から、〝ドレーク〟のメンバー五名が罵詈《ばり》雑言《ぞうごん》を浴びせかける。グッキーが、テレポーテーションで《シマロン》にさらってきた者たちだ。なかでも、ペドラス・フォッホがもっともはげしく文句をいっている。

ローダンはすばやく手を振り、活動欲旺盛な〝ドレーク〟のメンバーたちに花を持たせた。イアン・ロングウィンもたちまちその合図に気づき、《シマロン》のシントロニクス結合体が攻撃を中止したのと同じくらい迅速に反応する。

やがて、カンタロの最後の防御バリアが崩壊した。決定的突破口を開いたのは《ブルージェイ》だが、《シマロン》の支援なしには成功しなかっただろう。

「きみたち、もう行っていいぞ！」

ペリー・ローダンは、ペドラス・フォッホとその部下たちに向かって手を振った。

「ぼくらみんなのことだね！」グッキーが興奮しきった声でいった。「つまり、ぼくもいっしょだってこと。いいかげん、カンタロがどんな姿をしているのか知りたくてたまんない」

イルトは、よくわかっていた。ローダンはグッキーを除外していた。それでも無視したのだ。誘拐してきた〝ドレーク〟のメンバーたちを、次々と外のプラットフォームにテレポーテーションさせる。最後にペドラス・フォッホをすばやくつかむと、いっしょに姿を消した。グッキーの身勝手さにペリー・ローダンはかぶりを振り、レジナルド・ブルはため息をつき、エイレーネは笑い声をあげた。

グッキーは、みずからペドラス・フォッホのコマンド作戦に参加したのだ。《シマロン》と《ブルージェイ》の火器は沈黙した。映像スクリーンにさらなる状況がうつしだされる。

〝ドレーク〟のメンバー十四名がふたたび、カンタロ船めがけて突進した。船は先ほどの攻撃で片側にかたむいている。グッキーはペドラス・フォッホを連れて、難破船のすぐ近くにテレポーテーションした。

あらたなエネルギー・バリアがカンタロ船をつつみこみ、ふたたび混乱を巻きおこす。だれもこれを予測していなかった。安定したエネルギー・フィールドを前に、グッキーとペドラス・フォッホは撤退をよぎなくされる。

「手ごわいやつらだな！」レノ・ヤンティルがきっぱりといった。

〝ドレーク〟の突入部隊が船に近づいていく。《シマロン》の戦闘ロボット二ダースがこれにつづいた。半壊した船はいまだに抵抗している。

戦闘船四隻の投光器の光芒が、薄暗闇を突きさした。難破船は輝きをはなつが、もはや、いずれかのエネルギー・バリアによるものではない。

近くの地平線では、赤色巨星バルトロの明けがたの光が草木のない山頂にとどき、慎重に谷間にひろがっていく。最初の光は、戦闘がくりひろげられる赤道付近に迫っていた。

グッキーと〝ドレーク〟の突入部隊十五名の姿は、《シマロン》と《ブルージェイ》のエネルギー放射が巻きあげた塵埃《じんあい》によりほとんど見えなくなった。動物という動物はとうに、この居心地悪そうな光景から避難していた。

突入部隊の目標は、難破船の船尾エリアから立ちのぼる煙雲だ。そこにかろうじてのこるエネルギー・バリアに大きな亀裂が見られた。ここからならば、突入部隊と《シマロン》のロボット部隊がもっとも容易に侵入できるだろう。

ペリー・ローダンは推測した。このどこかにグッキーもいるはずだ。イルトはこの機会を利用して冒険に跳びこんだ。おそらく、その危険性を過小評価したのだろう。

戦闘四隻の投光器がその明るい指で、荒涼とした風景と難破船に乱雑な模様を描く。

敵船はいまだ征服されまいと頑固に抵抗し、微動だにしない。

ペリー・ローダンはフォッホひきいる部隊にテレカムで呼びかけた。指示にしたがい、部隊がわきにずれる。これで、最後のエネルギー源のスイッチがようやく切れるだろう。

ふたたび、光速ビームが埃《ほこり》っぽい惑星の地面を薙《な》いだ。あらたな炎が、難破船の胴体に立ちのぼる。いくつかのちいさな爆発がつづき、その後、大爆発が生じた。船尾エリ

ア と〝輸送脚〟が船本体から切りはなされ、地面に吹きとばされる。のこりの大部分は、まだ反重力フィールドに支えられていたが、そのシステム機能が停止すると、轟音を立てて黄色い砂に落下した。

「突入しろ!」レノ・ヤンティルがテレカムに向かって叫ぶ。「カンタロをとらえよ!」

ペリー・ローダンは、ただ笑みを浮かべるだけ。この〝ドレーク〟の連中が気にいってしまった。かれらには、なんとなく興奮させられる。おそらく、時代の産物だからか。状況が〝ドレーク〟のメンバーたちを育ててきたのだ。ローダンはただ、それを受けいれるしかない。

ちょうどこの瞬間、驚くべきことが起きた。難破船が呼びかけてきたのだ。船がまだ通信可能とは皮肉なもの。おまけに、送信者は完璧なインターコスモを話している。

「降伏する」声が響いた。「もうすでに死者がふたり出ている。おまけに、負傷者も十三名だ。半数以上が戦闘不能なこの状況では、降伏せざるをえない」

「つまり」ペリー・ローダンが満足そうに応じた。「船には、カンタロがせいぜい二十九名しかいないわけだ。負傷者十三名に、生存者十四名。それ以下かもしれない。《シマロン》から援軍を送ろう」

「それは不要です」レノ・ヤンティルがテレカム画面を通じ、ローダンに笑いかけた。

「第二陣がすでに出発しました。われわれ〝ドレーク〟のメンバーには、挽回し、埋めあわせるべきものがまだあるのです」

「われわれ、同じ目標を追い、同じ綱を引くべきだ」ローダンが告げた。

レノ・ヤンティルは、なにも答えない。ただ一瞬、笑みを浮かべただけ。

《シマロン》司令室の〝ララ〟ことラランド・ミシュコムが口をはさむ。

「おしりの下の葉っぱの茎を引っぱるカエルは、いつの日か、その茎を地面から引きはがして、おのれの基盤を奪ってしまう。これは古いアフリカの格言です」

ペリー・ローダンは副操縦士のいわんとすることを理解し、レノ・ヤンティルひきいる〝ドレーク〟のメンバーたちにゆだねることにした。とどのつまり、成功を手にするのがだれであっても同じこと。

突入部隊は、最終的に複数個所から難破船の三つの部分に侵入した。

「ペリー！」数分後、グッキーが呼びかけてきた。イルトが興奮しているのがわかる。「船じゅうをあちこちジャンプしてまわったけど、どこにも思考をキャッチできなかったよ」

「なにも不思議ではないよ、ちび」ローダンは冷静なままだ。「わたしはたしかに期待していた。きみはこれまでカンタロの思考をとらえられなかったが、すぐ近くからなら感じられるかもしれないと。そして、アイシュラン＝ホでの未知者との遭遇からわかるように、カンタロはテレパシーによる盗聴に対してすぐれた防御手段をそなえている。それは、とうにわかっていたはず」

「そりゃそうだ」グッキーが、しょんぼりしたようすでいった。「でも、ぼくが心配してんのはまったくちがうことさ。ほかのどんな方法でも、この船内に生物は見つからない。ペドラス・フォッホとその仲間たちにしてもおんなじだ。はっきりいえば、ここにカンタロはいないのさ！　ぼくら、幻影を追っかけてたってこと。まんまと引っかかったようだね」

＊

ダアルショルは、自由商人たちのあらたな攻撃に直接反応することはなかった。いまもなお、生体脳に生じる思考を完全に遮蔽《しゃへい》し、テレパシー能力を持つ存在に自分自身と思考をとらえられないようにしている。

この状態を最初の戦い以来、つづけてきた。ほとんど中断することなく。というのも、自由商人のなかにはプシオン能力に恵まれた存在がいるようだから。たしかな証拠もある。

体内の独立クロノメーターは、現在の状態にもあらたな攻撃にも影響を受けることはなかった。過去数日間に生じたあらゆる出来ごとにも関心はない。数字でおおわれたインパルスをただ単調に唱えるだけ。それは孤独なカンタロに、迫りくる未来の瞬間をくりかえし、思いださせる。その瞬間、カンタロはかならず……

ダアルショルはたちまち、敵が選んだターゲットがなんであるかわかった。エネルギー・バリアのメイン・ジェネレーターがどこにあるか、わかったにちがいない。すくなくとも……ドロイドの命を奪うつもりはなさそうだ。

最後に展開したエネルギー・バリアは、必要にかられてというよりは、イメージ操作のためだった。どう行動するか最終決定をくだすまで、それらしく見せなければ。それゆえ、最後のバリアの出力を最大限まで引きあげ、弱まった防御バリアも同様にした。それから、バリアのエネルギーを暴《あば》れるがままにさせる。決定的瞬間が訪れることなく、刻一刻と過ぎさるたびにほっとした。

＊

《バルシーバ》のまだ機能するシントロニクスが告げた。自由商人船のうち、攻撃してくるのはただ一隻のみ。そのエネルギーは、この船が惑星表面にごく近いことにより制限されるはずだ。《バルシーバ》はかなり長いあいだ、耐えられるだろう。

ほかの船はなぜ介入しないのか？

考えられないことだ！　あの自由商人たちときたら、なんと役たたずなのか！

ほんの一瞬、カンタロの遮蔽されたシントロン・プロセッサー内で確信が生じた。これだけでわかる。銀河系がクロノパルス壁と呼ばれるものにつつまれているというのは、きっと正しいにちがいない。

数秒後、攻撃者が戦術を変えた。成功の見こみがいっきに高まる。予想どおりだ。孤独な男は微塵も動揺しない。

正反対だ！　敵よ、勝利に酔いしれるがいい。やつらが恐れてきた2VXジェネレーターを破壊されてもかまわない。もう必要ないのだ。《バルシーバ》はもはやただのスクラップだから。

カンタロは、さらに考えた。

自由商人は基地惑星をなんと呼んでいたか？　フェニックスだ！

そして、《シマロン》とともに到着したテラナーたちは集合地点をどう呼んでいたか？　フェニックス＝1だ！

ダアルショルはよく知っていた。その名の意味を。テラナーの故郷惑星の神話に由来する名前。死んだように見えても、みずからの灰のなかからよみがえる存在だ。

ダアルショルの灰は《バルシーバ》の灰であり、ただ死んだように見せかけているだけ。ほかのカンタロがここで見つかることはないだろう。なぜなら、ほかのカンタロは存在しないから。《バルシーバ》には、はじめからほかのカンタロはいない。そして、この難破船に自分以外のカンタロがふたたび存在することもないだろう。

敵は、ダアルショルが灰からよみがえるのを目にするがいい！

からだが戦いを知らせる！　まだ戦いは終わっていない。　降伏する時機は、いまだ決まらず。べつの解決策をまだ探しつづけていた。

自由商人を混乱させるため、用意した通信メッセージを四隻に送信する。

気にいらないのは唯一、独立クロノメーターのインパルスだけだ……

そのほかは、事態の進展にかなり満足していた。さしあたり《バルシーバ》内の、もっとも賢い自由商人にも見破られない場所にかくれる。ここから、準備しておいたほかのかくれ場に迅速に移動できるはず。

敵をさらに攪乱《かくらん》させたい。そうすれば、カンタロが恐るべき相手だとわかるだろう。

そのすべてが、自分が敵にたよるべきときが訪れたさい、実行される計画の一部だ。

その〝いつか〟は、体内の独立クロノメーターのカウント・インパルスごとに迫りつつある。とはいえ、あわてて行動に出る必要はまだない。

先ほどの通信メッセージが、望ましい結果をもたらした。テラナーと自由商人は船内の想定二、三十名のカンタロに対し、優越感をいだいているにちがいない。最後の防御バリアが崩壊したいま、すべてはカンタロが最後の瞬間まで必死に抵抗していたかのように見えるはず。

いまに驚くだろう。やつらを絶望の淵に追いこむつもりだ。決まりきったこと。なぜなら、それは計画の一部だから。最終的にどのような展開を選ぶか、あるいは……敵の行動によって……選ばざるをえないかは問題ではない。

知性において敵よりはるかにまさっていることは、ダアルショルにとり自明だった。そのかわり、敵は数でうわまわる。ここにいる自由商人の数は二千を超えるだろう。それでも気にならない。自分は、多くの敵と肉体的にもわたりあうことができる。

一時しのぎのかくれ場で、次の一手を準備した。いつかは敵に見つかるだろうが、まだそのときではない。重装備の防護服はあきらめるしかなさそうだ。自分がそれを着用してあらわれたら、不審に思われるだろう。かれらがゴビと呼ぶこの惑星では、その手の防護服は必要ではないから。

《バルシーバ》がさらに攻撃されることはもうないだろう。そこで最初の戦闘のさい、念のため着用した大げさな防護服からふつうのコンビネーションに着替えた。それでも、からだを守るには充分で、さまざまな技術装置をそなえている。

外側のライトベージュのやわらかな素材は、革のような合皮でできていた。これには、着用者にあらゆる重要な環境データを逐次知らせる、複数のピコシン・プロセッサーとセンサーが埋めこまれている。

カンタロの身体システムから独立して機能する中央ピコシンは、コンビネーション全体を制御する。ダアルショルはこの小型シントロニクスに直接命令することも可能で、コンビネーション全体が本来のボディ同様に反応する。実際、肉体の一部となるのだ。

ピコシンが制御可能なもうひとつの重要システムは、主要な重力値をシミュレーション可能なマイクロ重力発生装置だ。実際、このシステムによって非常に機敏で機動的になることができる。

コンビネーションには、防御あるいは偽装に役だつが、実際の武器ではないさまざまな装置がある。ダアルショルは、高性能コンビ銃を手にしていた。パラライザー、インパルス銃、分子破壊銃として機能する銃だ。さらに、重力パルサー機能もそなえ、瞬間的に強力な重力インパルスを放射できる。

つまり、カンタロは宇宙防護服がなくとも、さまざまな攻撃および防御装置で、敵に立ちむかうことが可能なわけだ。素手でさえ、敵よりもはるかにすぐれていた。時間は無制限ではない。巧みにゲームを進め、心理学を駆使して、目標を達成しなければ。

ピコシンの分析装置がはじめて自動的に反応した。難破船《バルシーバ》に侵入した一生物がテレパシー能力をそなえ、瞬間移動も可能だという。その毛むくじゃら生物には、さらなるプシオン能力もあるようだ。

有機脳に生じる思考を、用心深く遮蔽したのは正解だった。さらに慎重になる必要がある。ただちに、第二プランの準備をはじめた。いくつかのヴァリエーションも用意してある。将来にそなえ、あらゆる可能性を確保しておかなければ。

カンタロを捕捉したと敵に信じこませるような決定的手段をとるには、まだ早すぎる。まずは、毛むくじゃら生物に罠をしかけよう。まちがいなく、危険な相手となるだろうから。

3

ペリー・ローダンはほんの数分前まで、当然の期待をいだいていた。カンタロに関するさしあたっての問題は、すぐに解決されるだろう。テラナーはすでに頭のなかで、ドロイドがとらえられるようすを描いていた。銀河系を支配し、おそらくはクロノパルス壁にも関与する謎めいた存在がどのような姿をしているのか、とうとうわかるのだ。

実際、難破船内にいるのは推測どおりのドロイドなのか？　そもそも、カンタロは尋問させるだろうか？　はたして、その肉体の構成要素は？

さまざまな疑問について、ペリー・ローダンと側近たちはまもなく答えを得られると期待していた。その答えなしには、文字どおり銀河系をつつむ謎は解けないから。

ところがいまは、すべてがまったくちがって見える。自分たちは全員、相手に完全にしてやられたようだ。

グッキーによる難破船内の状況報告につづき、ペドラス・フォッホひきいる自由商人から詳細な情報がとどいた。

「これまでのところ、船は無人のように見えます」突入部隊長がペリー・ローダンとレノ・ヤンティルに同時に報告した。「わずかなシュプール以外、なにも見つかりません。おそらく、つい先ほどまでだれかが船内にいたのかもしれませんが」

「カンタロ船は全長二百五十メートル、横幅百二十メートルだ」ローダンが告げた。「かくれ場なら無数にあるかもしれない。捜索をつづけてくれ！　温度変化やシントロン散乱放射を感知する技術装置をいくつか送るつもりだ。それがあれば、カンタロが見つかるだろう」

「提案があります」ペドラス・フォッホが告げた。「難破船から撤退し、ふたたび攻撃したらどうでしょう？　そうすれば、カンタロが姿をあらわすはず」

「気が進まないな」ペリー・ローダンがきっぱりといった。「われわれはカンタロの数を見誤っただけではない。明らかに期待しすぎたようだ。とはいえ、船内には生物がまったくいない、あるいはいなかったというのは想像できない。ならば、われわれにメッセージを送ったのはだれなのか？」

「通信に関しては」ペドラス・フォッホが不満そうにうなった。「オムレ・フィッカラルドの担当です。ワシ鼻はすでに送信者を探していますが、まだ見つからないそうです」

　ローダンとヤンティルは、手みじかに話しあった。そして、ヤンティルが部下にさらなる手順を伝える。

「これから、手すきの乗員を全員送りこむ。これには《モンテゴ・ベイ》と《ヴァレ・ダク・ズル》も該当する。それでもカンタロが見つからないとしたら、とんだお笑い草だ」

次の半時間に入ってきたニュースに、なにも目新しいものはなかった。その後、《ブルージェイ》のハイパー通信スペシャリスト、〝フィッツ〟ことオムレ・フィッツカラルドの顔が通信スクリーンにうつしだされる。もじゃもじゃ頭は、気分が沈んでいるようだ。いつもの明るい声が、ややこもって聞こえた。不満そうな顔をしている。

フィッツは、平たい小箱を持ちあげてみせ、

「《バルシーバ》の最後の通信は」と、説明した。「この装置から送信されていました。《バルシーバ》というのは、カンタロ船の名前です。メッセージはまだ装置に記憶されています。これが、送信時に直接その場で話されたことはまちがいありません。そちらのラボでもそれが確認できるでしょう」

「きみの話を疑うわけではない、オムレ」ペリー・ローダンがわずかにかぶりを振った。「もしだれかが、その場で話したメッセージを送信したとしたら、その者はいまでも船内にいるはずだ。ほかの可能性は考えられない。こっそり逃げだそうとする者がいれば、それに気づいたはず」

「グッキーの最初の仮説によれば」レジナルド・ブルがつけくわえた。「われわれ、幻影にだまされたらしいが、当然、それは正しくない。すくなくともひとりのカンタロが船内にいるはず。見つけださなければ」

それは、はかない希望の灯火だった。すくなくとも、カンタロの人数についての推測を大幅にあらためなければならない。

そして、降伏の瞬間にまんまとだまされたという事実に、ローダンは考えこまされた。実際、敵のこの行動になんの意味があるというのか。

それに、このかくれんぼも意味がない。ただいたずらに混乱させる魂胆か？

それはどうでもいい。ローダンは自分にいいきかせた。カンタロの捜索は、わずかに修正された条件下で続行可能だろう。

＊

グッキーはふたたび一連のテレポーテーションにより、《バルシーバ》の楕円形の船本体を横断した。今回も前回の探索同様に、ペドラス・フォッホと捜索拠点で合流し、情報を共有すると、ペリー・ローダンとレノ・ヤンティルに状況を報告する。

ネズミ＝ビーバーは徐々に、船にいるはずのカンタロの捜索が苦痛になってきた。むだ足ばかりで、達成感がまるで得られないのだ。だが、それだけではない。戦闘によって、カンタロ船の非常システムのほとんどが故障してしまった。グッキーはカンタロの捜索にあたり、ただあてずっぽうにジャンプするわけではないが、たいていの場合、ジャンプした先は完全な暗闇におおわれていたのだ。

セランには投光器が三つ装備されている。それでも、ジャンプするたびに不快な気分になった。なぜなら、カンタロに対する恐怖心が全員にのこっていたから……なにもネズミ＝ビーバーにかぎったことではない。

《バルシーバ》はあまりにもひろすぎて、数時間ですみずみまで探索するのは不可能だ。《モンテゴ・ベイ》と《ヴァレ・ダク・ズル》から到着した捜索部隊は、まず《バルシーバ》の吹きとばされた〝輸送脚〟と船尾エリアに焦点を絞った。そのあいだ、《シマロン》と《ブルージェイ》の乗員は船本体を探しまわり、イルトも同様にそこに集中した。

それでも、具体的な成果はほとんどない。

すべてのシュプールは、船首の司令室に複数の生物がいたことをしめしている。あらゆるファクターを分析した結果、《シマロン》と《ブルージェイ》のシントロニクス結合体は、二名、せいぜい三名、あるいは一名の生物が船内にいる可能性があると結論づけた。

ペドラス・フォッホひきいる突入部隊が見つけた多くの手がかりは、意図的なにせのシュプールをしめしているようだ。たとえば、司令室とおぼしき空間の隣室にカトラリー三セット、あるいはごみ箱にある同じ種類の複数の食器などは、最近のものにちがいない。それらは、むしろにせのシュプールを意図的にのこしたかのように見える。《バルシーバ》から発信された唯一の通信内容は、どうやらトリックだったようだ。そして、捜索部隊が発見したほとんどの手がかりもそうであるにちがいない。

敵は策略で抵抗しているのだ！　そして、その敵をとらえることができない。

捜索部隊には、ちいさななぐさめがひとつあった。〝フィッツ〟ことオムレ・フィッツカラルドによって名づけられた〝難破船〟という言葉がそれをよくあらわしている。ほぼ確実に、活動セクションがもう存在しないから。侵入者と戦うロボットもいないし、罠も待ちぶせもない。

難破船はまるで死んでいるようだ。潰滅的攻撃のあとでは、そうなるはず。ほとんどの乗員がそう考えていた。

だが、本当に〝死んでいる〟のか？

自由商人たちはいまだ、暗中模索していた。不可解な方法で、敵に出しぬかれたのだ。その行動には明確な論理が見いだせない。すべてが時間稼ぎのように見え、まるで一貫性がないかのようだ。

グッキーは、ののしりわめいた。もう二時間近く、《バルシーバ》内を跳びまわっているのに、役にたちそうなものはなにも見つからない。一方、フィッは十分もかからないうちに送信機と記憶装置を見つけだした。明らかに《バルシーバ》に生物が乗っていた証拠だ。そして、《シマロン》のシントロニクス結合体は、その生物がまだ難破船のなかにいると肯定した。

ネズミ＝ビーバーは、ローダンとレノ・ヤンティルとふたたび連絡をとった。内容は相《あ》いかわらずだ。イルトの声は、やや疲れているように聞こえた。何度もテレポーテーションをくりかえし、力を消耗していたから。

「わたしもすぐに《バルシーバ》に向かう」ペリー・ローダンが知らせた。「ブリーも捜索に参加する。バルトロ星系の外はしずかだ。カンタロを見つけなければ」

テラナーの声は、この計画の初期段階とは異なり、もはや自信に満ちているようには聞こえない。この有望な手がかりを発見したレノ・ヤンティルひきいる〝ドレーク〟のメンバーたちも同様だった。

成功は、手のとどくところにあったはず。

ペドラス・フォッホは、《バルシーバ》の比較的ぶじだった格納庫に捜索拠点をかまえていた。そこには、ネズミ＝ビーバーもいる。〝ドレーク〟のメンバーとイルトのあいだに、共通目標のための協力から友情のようなものが生まれつつあった。

突入部隊長のフォッホは、あらゆる機会を利用してカンタロ捜索のすべてに参加した。

そのあいだ、フィッツが仮拠点で待機する。自由商人たちの顔から、この状況全体が気にくわないのが見てとれた。この作戦行動が失敗に終われば、かれらの名誉回復もあやうくなるだろう。

「ぼかあ、また捜索にもどるね」グッキーが告げる。その姿は同時に《シマロン》と《ブルージェイ》に中継された。

ペドラス・フォッホが、《バルシーバ》内の一部をうつす三次元スクリーン壁をさししめした。カラフルな点が、捜索部隊の現在地をあらわす。ほかの印は、すでに徹底的に捜索された領域をしめしていた。

「あそこにはほんの数名しかいない」フォッホが説明した。「いま、わたしはここをはなれるわけにはいかないのだ、グッキー。そこを見てまわり、この弱点を補ってもらえるか?」

「わかったよ」イルトが了承し、ジャンプするために意識を集中させた。

「気をつけろよ! まだ、きみの助けが必要だからな!」ペドラス・フォッホが叫んだが、すでにグッキーは姿を消していた。

もう、だれも危険にさらされることはない。《バルシーバ》はもはや危険をもたらすものではなく、ただのスクラップにすぎなかった。とはいえ、この宇宙船を操縦していた乗員はどこかにかくれているはず。

グッキーは、ペドラス・フォッホにしめされたセクターに到着した。曲がり角の先で、〝ドレーク〟の捜索隊三名が姿を消すのが見えた。ロボット二体が三名に同行し、重い探知機を引きずっていた。かれらに自分の存在を知らせるべきか？　イルトはかぶりを振って立ちどまり、周囲を見まわした。

透明な天井を通して見あげると、そこにはバリア・フィールドのプロジェクターがならぶ。そのほとんどが支えを失って横だおしになっていた。あるいは部分的に溶解している。

「いつものことだが、あのばか者たちときたら、あわてすぎだ！」背後で声が響いた。グッキーが振りかえると、〝ドレーク〟のメンバーがひとり、先ほどネズミ＝ビーバーの視界から消えた部隊を追って、通廊を足早に近づいてくる。あやうく、ちいさなイルトにぶつかりそうになった。

「失礼、グッキー」五十歳くらいの男がうめいた。「きみがここにいるとは知らなかった。フィッツが手一杯なようで、情報がうまく伝わらなくてね」

「いいってこと」グッキーが手を振った。「ここはてんてこまいさ、みんな同じだよ」

イルトは、その男を知らなかった。どう見ても、テラナーだろう。いつもなら絶対にしないが、いまは時間節約のため、〝ドレーク〟のメンバーの思考に一瞬触れ、名前、所属船名、担当任務を探る。

男の名はアロクトン。《ブルージェイ》の探知スペシャリストだ。

「ペドラス・フォッホに報告しないと」アロクトンがいらいらしながらいった。「重要と思われるものを見つけたんだ。だけど、おれは通信装置を持っていないし、仲間は行ってしまった」

「なにを見つけたの？」グッキーが訊いた。

「おそらく、かくれ場だ」アロクトンはミュータントを前にして、どうやらおちつかないようだ。「装置が空洞をしめした。入口のない空間だ。なにか異様な感じだった。遺憾にも、まだだれにも伝えられていない。若い連中はまるで駆りたてられたニワトリのようにかけずりまわっているから。いっしょにきてくれ。案内しよう！」

グッキーは、よろこんで男についていく。

「ここだ」アロクトンが小部屋の壁をさししめした。投光器の光に照らされ、壁が赤銅色に輝く。

グッキーの超能力をもってしても、特筆すべきようなものはなにも感じられない。アロクトンは持参した装置をすばやく組みたて、壁の奥の空洞内をうつしだした。

そして、携行スクリーンをさししめす。そこにはたいらな物体と、ほかのかたちをしたなにかがいくつかうつる。探知映像は鮮明ではない。これらの物体は壁の向こう側にあるにちがいない。どうやら、ふたりがいまいる部屋には、隣室につづく入口はなさそうだ。

「ベッドとテーブルだね」グッキーが漠然とした映像を解釈した。

「かもしれないな。この細い隙間が見えるか？」アロクトンがメタルプラスティック壁のほとんど見えないほどの亀裂をさししめした。「このどこかに開閉装置があるはずだ。フィッツとペドラスを呼ぼう。かれらなら入口を見つけられるかもしれない」

「ぼくなら、この問題をもっと早く解決できるよ」グッキーが挑発するように一本牙をむきだした。「まだちょっぴり疲れてるけど、この謎めいた部屋のなかにジャンプしてみよう。ここで待ってて、アロクトン」

イルトはそう告げ、消えた。

実体化したのは、驚くほど明るく照らされた空間だった。この難破船内には、まだ機能するシステムがいくつかあるようだ。つまり、慎重に行動しなければ。

グッキーはあたりを見まわした。自動供給装置のおかれた食事コーナーとベッドが三台見える。その上のシーツもブランケットもととのえられていない。すべてがまるで、乗員たちが先ほどまでここにいたかのように見えた。いまや、その姿はどこにもない。

もっとも、グッキーはここでも出入口を見つけることができない。その生物……まちがいなくカンタロ……は、この部屋からどうやって出ていったのか。その手がかりも見つからない。

おもむろに、ネズミ＝ビーバーは食事コーナーに近づいた。感覚を研《と》ぎすませる。カップから、いい匂いのするフルーツ飲料が湯気を立てていた。その横には、かじりかけのナッツもある。

グッキーは、なにか違和感をおぼえた。なんとなく人工的でわざとらしい。カンタロは、これでなにをしようというのか？

この瞬間、ベッド三台がかたむき、グッキーの足もとの床が消失。照明も消えた。強力な引力がネズミ＝ビーバーを深みに引きずりこむ。悪臭が鼻をついた。自動的にセランが閉じ、投光器が点灯する。

グッキーはパニックにかられ、テレポーテーションしようとしたができない。なにかに麻痺させられたかのようだ。

グラヴォ・パックで引力に抵抗する。ふたたびテレポーテーションを試みた。こんどは隣室のアロクトンに向かってジャンプし、成功する。驚いて見つめる男のとなりに実体化した。

警報が難破船内に鳴りひびく。どこかずっと下のほうから戦闘音が響いた。数発の爆発がつづく。

「ここを出よう！」グッキーは、格納庫にいるペドラス・フォッホに向かってジャンプしようと、アロクトンに手を伸ばした。ところが、近くで爆発が起こり、倒れこむ。セランがイルトを守ったが、自由商人は通廊に吹きとばされた。そのままネズミ＝ビーバーの視界から消え、イルトは本能的にふたたびテレポーテーションする。こんどは、ペドラス・フォッホの拠点をめざした。

目的地に到達する前に、なにか見えないものが意識に入りこみ、グッキーを麻痺させる。最後の力を振りしぼり、イルトはセランの救難信号発信機のスイッチを入れた。

＊

カンタロの有機生体脳内の思考中枢における嘲笑の声は外には聞こえない。だれの耳にもとどかなかった。そうしたのは、人工プロセッサー、とりわけ右の鎖骨下にあるシントロニクス主意識だ。

それはいまも、沈黙を課せられた有機脳とつながっていた。有機脳は完全に隔離され、作動するのはほんの一部の領域においてのみ。ダアルショルはいまもなお、有機脳を多少は必要としていた。なぜなら、感情を完全には捨てさることができないから。

爆弾は、時間どおりに作動した。期待どおりだ。いまや、自由商人たちは大いに興奮している。もちろん、自分はまだかれらに見つかっていない。

降伏の時機はますます近づいてくるが、それはシントロニクス的要素にほとんど影響をおよぼさない。その瞬間は計画の一部であり、全体の計画に組みこまれていたからだ。

生体脳が成功をよろこび、笑った。生体脳は野心を持つ。それはなんといってもダアルショルを鼓舞し、シントロニクス的要素にも影響をあたえた。

罠は成功だ。引っかかるまでだれも気づかなかったから！　まさにいま！

だが、カンタロにとりもっとも重要なのは、毛むくじゃらのミュータント、グッキーが罠にかかったことだった。その名前をすでに知っていた。なぜなら、ライトベージュのコンビネーションのプロセッサーは怠けていなかったから。その名は、テレカム通信のなかで何度も呼ばれていた。

その名を知らなければ、イルトを罠にかけたこの計画はまったく実現しなかっただろう。

なにも、ミュータントを殺そうというわけではない。プロセッサーには、たしかに殺害を許可するプログラミングがある。必要とあらば、自分はなにをも恐れないだろう。とはいえ、独立クロノメーターが重要な役割をはたすこの計画全体において、ダアルショルにとり、死んだグッキーよりも生きているグッキーのほうが重要だった。

いつか自由商人はイルトを見つけるだろうが、いまミュータントは隔離されている。グッキーは救難信号を発し、ダアルショルのコンビネーションのピコシンがただちにそれをとらえた。救出は容易ではないだろう。難破船《バルシーバ》には、まだ機能する一連のシステムがあり、そのなかには、グッキーと同じ救難信号コードを発する小型送信機が数ダースある。

混乱のさなか、自由商人にほんものの救難信号発信機を見つけられるものか！

そう考え、カンタロの遮蔽された生体脳がふたたび笑った。

4

ペリー・ローダンとレジナルド・ブルがペドラス・フォッホの捜索拠点に到着した直後、難破船内から複数の爆発音が鳴りひびいた。〝ドレーク〟のメンバーは警報を発し、ただちに捜索部隊に連絡をとる。

「どういうことだ？」ローダンは驚きをかくせない。「ここではすべてが制御されていると思っていたが」

「わたしもです」ペドラス・フォッホが悪態をついた。「どうやら、なにか見落としていたようだ」

爆発地点がすぐに特定される。それは《バルシーバ》全体に不規則にひろがっていた。すでに吹きとばされていた〝輸送脚〟と船尾エリアではなにも起きていない。

「グッキーはどこだ？」ブリーが訊いた。

「上です！」ペドラス・フォッホがおや指を上に向けた。そして、携行装置がうつしだす船の映像の一点をさししめす。「われわれ、状況を完全に制御できているわけではない。そう認めざるをえません。これらの爆発は……」

そこで言葉を切った。ふたたび轟音が響いたのだ。たちまち監視システムが作動し、発生源を特定した。

「くそっ！」捜索部隊のメンバーが悪態をつく。男はここで、臨時に設置された複数の探知装置や通信装置を操作していた。「セクションV‐2でなにかが爆発しました。グッキーと一捜索隊員がそこにいます」

ペリー・ローダンがグッキーに通信装置で呼びかけたが、返答はない。

フォッホはただちに、そのセクションの捜索部隊と連絡をとった。捜索隊員たちは爆発の原因について説明できない。グッキーの姿も目撃されていなかった。

ローダンはふたたび、イルトに呼びかけた。返答はない。そのかわり《シマロン》のシントロニクス結合体から連絡があった。

「グッキーのセランから救難信号を受信しましたが、連絡がとれません。探知装置は、グッキーが難破船の上層にいるとしめしています。ここからは、さらに正確な位置を特定することはできません」

この報告を聞いたペドラス・フォッホは《ブルージェイ》のハイパー通信スペシャリスト、オムレ・フィツカラルドを呼びだした。すぐに応答があり、こちらに向かうとのことだ。

「ここはなにかおかしい」レジナルド・ブルが断定する。「ま、正直にいえば、捜索部隊の計画は失敗のようですな。カンタロ船を拿捕するってのは、虚しい夢でしたね。ここではまだ、ひとりのカンタロにもお目にかかれない。そのかわり、この悪魔船の洗練された技術トリックが目白押しだ」

ローダンがなだめるようなしぐさをし、ブリーは口をつぐんだ。〝フィッツ〟ことオムレ・フィッツカラルドが格納庫に到着し、《シマロン》のシントロニクス結合体がふたたび報告する。

「グッキーの救難信号を、同じ周波数ですくなくとも二十回は受信しました。エコーかもしれません。それぞれの信号のあいだに、短時間のずれがあるので」

「それは、おれもわかっている」フィッツはそう告げると、突然、行動に出た。テラナーふたりはフィッツの意図をすぐに理解した。グッキーの救難信号を発する送信機すべての位置を特定するため、探知ステーションを設置しようというのだ。

フィッツは、捜索隊員の数名に携行可能な小型受信機を持たせて《バルシーバ》のさまざまな場所に送り、方向探知拠点を設置した。あらゆる作業がきわめて迅速に進み、ペリー・ローダンは感心させられた。ときに〝ドレーク〟という組織のメンバーは頑固そうに見えるが、ピンチのときこそ非常にたよりになる連中だ。

ペドラス・フォッホは、エネルギー探知用の追加ネットワークによって友をアシストする。爆発は、当初思われたほど難破船が〝死んでいる〟わけではないことをしめしていた。

「二十三の探知」数分後、フィッツが告げた。「だれか、グッキーのセランの送信機に話しかけられますか？」

「ほかのセランすべてだ」ローダンが応じた。「すでに試みたが、返答はない」

「だとすると、のこる手はひとつだけ」ブリーがきっぱりという。「探知された送信機をひとつずつ調べればいい。実際、どこかにイルトがいるはずだから」

「根本的にはそのとおりです」興奮のあまり、フィッツの喉仏が上下した。「問題はほかにあります。送信機が移動しているのです。速いものもあれば、遅いものもある。とはいえ、どの送信機も特定の場所にとどまっていません」

「カンタロの捜索を中断します」ペドラス・フォッホはこれについてローダンの許可をもとめなかった。ただ行動するのみだ。「いまはまず、グッキーを見つけなければ。カンタロに捕まったのは明らかです。そもそも……やつらを甘く見てはなりません」

「だが、甘く見てしまった」レジナルド・ブルの言葉は、核心をついていた。

ペドラス・フォッホは捜索部隊に指示を出した。それから《モンテゴ・ベイ》ならびに《ヴァレ・ダク・ズル》乗員からなる部隊を呼びよせた。かれらはこれまで、《バルシーバ》の吹きとばされたふたつのエリアのみを捜索していた。そこでは、なにも見つからず、重要なことはなにひとつ起きていない。

これらすべての調整には、多くの技能と慎重さが必要とされた。ペリー・ローダンはペドラス・フォッホにまかせることにした。この男なら、迅速かつ慎重に行動できるから。数分後には、ふたつの捜索部隊からふたつの報告が入った。どちらのチームも、ロボット制御の小型プラットフォームにとりつけられた小型送信機を発見したという。

「知性体のしわざだな」ペリー・ローダンが断定した。「つまり、ここには生物も存在するわけだ」

「それを疑ったことはありません」フォッホが応じた。「問題は、その相手をどこで見つけるかです」

《シマロン》のシントロニクス結合体が、最新情報をすべて分析し、あらたな計算結果を報告。それによれば、カンタロは三名ではなく、一名あるいは二名と想定される。最後の手がかりがまだ欠けていた。

「これはがっかりだな」ローダンが指摘した。

「もう、どうでもいい」ブリーが不機嫌そうにいった。「ここにカンタロが何人いようと、どんなやつらだろうと、どうでもいい。いま知りたいのは、グッキーのゆくえだけ」

「もうすこし待ってください！」フィッツが叫んだ。男は一連の装置と映像スクリーンを操作し、ときおり《ブルージェイ》や《シマロン》の大型シントロニクスとデータを交換している。同時に、捜索部隊や追加で送った探知機からも続々と情報が押しよせた。

「なにか見えてきました。シグナルに特徴がある。グッキーのものかもしれません」

ペリー・ローダンは、フィッツのもとに駆けつけた。

「ここです!」ハイパー通信スペシャリストが《バルシーバ》の船首エリアをさししめした。「大きなエネルギー活動に、強力な散乱放射。まるでパラトロン・バリアか、そのたぐいのものをせまい空間に設置したかのようだ。そして、ちょうどそこから救難信号が発せられています」

「ここから、どのくらいはなれているんだ?」テラナーが訊いた。

「七、八十メートルほど」ペドラス・フォッホが即答した。「わたしはすでにそこに行きましたが、なにもなかった。さ、行きましょう。案内します。フィッツもいっしょにこい。きっと、そこで出番があるはず」

武器マイスターはそう告げると、宇宙服を着用し、防御バリアを展開させた。フィッツもこれにならう。テラナーふたりの返事を待つことなく、捜索部隊のふたりはそれぞれ、グラヴォ・パックを作動させた。ハイパー通信スペシャリストは、小型反重力プラットフォームに探知装置と特殊アンテナをいくつか乗せ、携行する。

ローダンとブリーは、ところどころ破壊された通廊を進んだ。重要な岐路では、捜索部隊が設置した投光器と案内板が、一行の進むべき道をしめす。

ペドラス・フォッホは、進むべき道を正確に知っていた。四名は二分もしないうちに、フィッが特定したエリアに到達。技師は持参した装置をおろすと、スイッチを入れ、「未知構造のハイパーエネルギー・フィールドです」と、簡潔に説明した。「この壁の向こうに、直径およそ五メートルの球状フィールドが存在します。このような強力なエネルギー・フィールドでは、空洞探知機は機能しません。これから、エネルギー供給源を探します。そこです！　天井の下だ。わたしがしめすところを破壊してください。ですが慎重に。大爆発する可能性もあります」

四名はすこしうしろにさがった。ローダンとブリーは、フィッがしめした個所に分子破壊ビームを見舞う。轟音が鳴りひびいた。巨大な金属板が天井から引きはがされ、そこに微光をはなつエネルギー束が出現する。

「ハイパーエネルギー導体です」フィッが告げた。「これを破壊すればいい」

「エネルギーを一点に集中させよう！」ローダンがブリーに向かって叫んだ。

ふたりとも最高出力で放射するが、なんの効果も得られない。エネルギー導体がすべてを吸収した。

フォッホも武器で支援する。さらに自由商人十名が到着し、武器で攻撃しはじめると、エネルギー束がようやく引きさかれた。頭上のどこかで、はげしい爆発が連続してふたつ生じる。

「エネルギー・レベルがゼロになった！」フィッが叫んだ。「空洞探知機がふたたび機能しはじめました。部屋がふたつならんでいます。ですが、入口が見あたりません」

ペリー・ローダンは探知映像を一瞥《いちべつ》し、ふたたび武器を投入する。分子破壊銃で壁に人間大の穴を切りとった。ブリーは友の背後に立ち、いつでも介入できるようにしている。

金属壁が前に倒れると、投光器の光芒が暗い室内を薙いだ。むきだしの床に、セランを着用したイルトが身じろぎもせず横たわっている。

レジナルド・ブルは、ペリー・ローダンの横をすりぬけた。グッキーのかたわらにひざまずき、

「生きています！」と、ほっとしたように叫んだ。「ですが、意識はありません。細胞活性装置によってすぐにでも、立ちあがれるようになるでしょう」

ブリーは、ネズミ＝ビーバーを外に引きずりだした。フィッは、探知装置をたずさえながら隙間を通りぬけると、ペリー・ローダンに合図した。

「見てください！」

ディスプレイには、グッキーがとらわれていた部屋の奥にある第二の部屋がうつしだされていた。探知映像は鮮明ではない。おそらく、そこにはまだ、ほかの散乱フィール

ドあるいは特殊な偽装が存在するのだろう。

ローダンは、胸の高さの台座と、その前で動くおぼろげなシルエットに気づいた。横を向き、台座上のなんらかの装置を操作している。

「カンタロだ！」部屋に入ってきたペドラス・フォッホが、ほとんど厳《おごそ》かにささやいた。

「そして、出口はない。とうとう、とらえたぞ！」

「仲間に、このエリア全体を包囲するよう指示してもらいたい！」ローダンが告げた。

「あのカンタロには充分に長いこと、だまされてきた。まだトリックをいくつか、かくし持っているにちがいない。ここから姿を消すこともできると想定しなければ。ここに入れたのだから。おそらく、転送機ステーションかそのたぐいがあるのだろう。さ、ペドラス！　ありとあらゆる退路を断たなければ」

「了解しました」ペドラス・フォッホが出ていった。ローダンとフィッツは、探知映像のシルエットをさらに観察しつづける。ほかの自由商人たちは、拘束フィールドの装置を組みたてはじめた。

「グッキーを《シマロン》に連れていきます」ブリーが告げた。「すでに意識をとりもどしつつありますが、医療チームに検査させても損はないでしょう」

数分後、ペドラス・フォッホの部下が周辺をかこんだ。謎めいた部屋の上下階にも、自由商人が配置された。ローダンは合図し、最後の仕切り壁をコンビ銃で狙う。

「変ですね！」フィッツが叫んだ。「カンタロは気づいたはず。でも、まったく反応しません」

「そのとおりだ、フィッツ」テラナーが肯定した。「どうもおかしい。警戒するように！」

まもなく、開口部が充分に大きくなった。ローダンは向こう側の部屋から入りこむ、強い空気の流れを感じた。数秒間、台座とその前に立つ二足歩行の影のような姿が見えた。握りこぶしが台座をたたくと、その姿が透明になる。

「虚像だ！　ホログラムだ！　あるいは、なにかそのたぐいのものだ！」フィッツががっかりしたようすで叫んだ。「またもや、だまされた！」

「全員、掩体《えんたい》にかくれろ！」ペリー・ローダンが本能的に叫んだ。

目の前で爆発が起こった。奇妙な台座が爆発したようだ。ローダンはセランに守られたものの、通廊まで吹きとばされた。フィッツが悪態をつきながら、装置をひろいあつめる。台座が置かれていた部屋には、まだ燃えさかる瓦礫《がれき》だけがのこった。

どこか近くで、冷ややかな笑い声が響く。たちまち、声はちいさくなり、だれかがその出所を特定する前に聞こえなくなった。

「徹底的に調査します」ペドラス・フォッホが申しでた。その顔にも失望がはっきりと見てとれる。「とはいえ、役にたちそうなものが見つかるとは思えませんが」

ローダンは、この事件を《シマロン》の司令室に知らせた。そして、ペドラス・フォッホとともに捜索拠点にもどり、

「まるで、干し草の山から針を探すようなものだな」と、告げた。

「その慣用句は知りませんが」フォッホが応じた。「意味はわかります。針が見つからなければ、見つかるようにするしかありません。でも、どうやって？」

「針のおしりに火をつければいい」ローダンが皮肉をいう。「問題は、どこからはじめればいいか、わからないことだな」

そのとき、グッキーが男ふたりのあいだに出現した。

「驚かないで！」イルトが興奮したようすで手を振った。「ぼかあ、もうすっかり元気だよ。ブリーがとめようとしたけど、ひとまず逃げだしてきた。ぼくがあのエネルギーの罠にかかる前に出会った自由商人を探さなくちゃ。たぶん、死んだと思うけど」

「そのような報告は受けていない」ペドラス・フォッホがかぶりを振った。「セクターV－2からは全員ぶじにもどってきた。でなければ、それはどこで起きたのか？」

「V－2さ」グッキーが肯定した。「そこで、出入口のない部屋を探知した〝ドレーク〟のメンバーに会ったんだ。その部屋にジャンプしたとたん、災難がはじまった。詳細は《シマロン》のシントロニクス結合体に訊いてよ。その男とぼくはエネルギーの罠にテレポーテーションする直前に、大爆発に巻きこまれたんだ。男は防護服を着てなか

った。助かったとは、とうてい思えないよ」

「そいつは、なんという名前だった？」ペドラス・フォッホが訊いた。

「アロクトン。《ブルージェイ》の探知スペシャリストだよ」

「われわれをからかうつもりか、友よ。そうする理由はほとんどないはずだが」フォッホが笑いとばした。

「どういうこと？」グッキーが怒りをあらわにいった。「ぼかあ、アロクトンという男と会って、話した。思考もちょっと読んでみたよ。でもそれは、時間をむだにしないためさ。実際、その名前で《ブルージェイ》の乗員だったよ」

「待ってくれ、ネズミ＝ビーバー」フォッホが、捜索部隊の配置調整用の発光ボードをさししめし、そこに最新データをうつしだした。「きみが姿を消すまで、《ブルージェイ》乗員は《バルシーバ》のこのセクションにしか配置されていなかった」

「ちょっと待ってよ」グッキーは倒れた金属梁《はり》に腰をおろすと、交互にペドラス・フォッホとペリー・ローダンを見つめた。頭をフル回転させているようだ。「ぼかあ、あの男の思考を完璧に読んだ。嘘はなかったよ」

「ひょっとしたら」ペリー・ローダンがいった。「きみをあざむくための思考だったのかもしれない。われわれ、カンタロの生体構造も機械構造もほとんど知らないのだから」

「もちろん、わたしは自由商人全員の名前を知っているわけではないが」フォッホが告げた。「アロクトンという名前は聞いたことがない」

「問題はすぐに解決できるさ」

オムレ・フィツカラルドはそう告げると、《ブルージェイ》の主シントロニクスを呼びだし、アロクトンという名の探知スペシャリスト、もしくは乗員についての情報をもとめた。

すぐに返答がある。

「《ブルージェイ》には、アロクトンという名の探知スペシャリストはいません。その名前の自由商人も存在しません。ひょっとしたら、この名に関する次の情報が役にたつかもしれません。〝アロクトン〟は古代ギリシア語に由来し、地質学者のあいだでは専門用語として使われています。それによれば〝もとの形成場所から移動した岩塊〟といったような意味です。以上で、わたしの情報はすべてです」

「ずうずうしいにもほどがある」グッキーが嘆いた。「てことは、あいつがあのいまいましいカンタロだったわけだ！　ぼかあ、やつに会ったのに気づかなかった。まちがいなく、変装してたよ。完全にしてやられた。その思考にさえ、だまされたんだね。目の前にしながら、正体を見ぬけないとは！　カンタロは、そういった悪ふざけができるくらい、ぼくらのことをよく知ってるにちがいない。目にものを見せてやる！　そうでもしなきゃ、こんな屈辱、耐えられやしないよ」

「わかるとも」ペリー・ローダンが考えこんだ。「われわれは依然として、敵を過小評価する傾向がある。一方、敵はほとんど好き放題にわれわれをもてあそんでいる。おちつくのだ、ちび。その経験もむだではない。これでようやく《バルシーバ》にすくなくともカンタロ一名がいるとわかったのだから。おそらく、その者こそが唯一の乗員であり、複数のカンタロ乗員を示唆《しさ》するシュプールはすべて偽装だろう。まだやつをとらえるにはいたらないが、追跡すべてがむだでなかったことはたしかだ」

「むだになるかもしれません」フィッツがいった。「もし、カンタロをとらえることができなければ」

「やるべきことは」ローダンがネズミ＝ビーバーに向かっていった。「わかるな？」

「もちろんさ。《シマロン》のシントロニクスにアロクトンの画像をつくってもらうよ。捜索部隊とほかの宇宙船ぜんぶにそれを通知するのさ。安全対策を強化しなくちゃ。カンタロがこっちの船のどれかを手にいれようとするかもしんないからね。やつなら、なんでもやりかねないよ」

「カンタロをとらえられると思うのか？」ペドラス・フォッホがグッキーを挑発するように見つめた。イルトは、《ブルージェイ》の武器マイスターとハイパー通信スペシャリストを交互に見つめ、

「あんたの助けとフィッツの〝がらくた装置〟があれば」と、一本牙をむきだしていった。

「かならずね」

＊

ダアルショルは、過ちをおかした。

それは実際、驚くべきことだった。プロセッサーが、このようなケースを想定していなかったのだから。おそらく、シントロニクスが正しく評価しなかった出来ごとがいくつかあったのだろう。もしかしたら、シントロニクスは有機脳の多幸感に惑わされ、状況のネガティヴな側面を軽視したのかもしれない。

それとも、自分が追っ手をたんに過小評価したのか？

これまで孤独な男は、敵が自分を過小評価していると考えていた。この数時間のあらゆる出来ごとがそれを強調する。ところがいま、考えなおす必要があるようだ。

自由商人は、あの危険なミュータントのグッキーをあまりに早く見つけだした。移動する小型送信機のトリックは実際、成功しなかったわけだ。すくなくとも三時間の時間稼ぎができるはずだった。ところが、自由商人が捜索に要した時間は、論理プロセッサーがはじきだした数値とは一致しなかった。実際、十五分もかからなかったのだ。

よく考えなければ。もしかしたら、あのミュータントを完全に排除したほうが賢明だったろうか。イルトの力ははかりしれない。おそらく、これまでダアルショルが想定していたよりも危険だろう。

グッキーはもはや、アロクトンの姿を仲間に伝えることができる。つまり、この変装はもう使えないということ。

もっとも、かれらの仲間になりすます可能性は非常にかぎられていた。自由商人は、こちらの行動範囲をますますせばめてくる。敵は《バルシーバ》の利用可能なエネルギーに完全に集中し、それを見つけだしては無効化した。これにより、カンタロは多くの可能性を奪われたのだ。

孤独な男は考えた。わたしを手中におさめたと考えているとしたら、テラナーはさらに何度も仰天するだろう！　たしかに、わたしは過ちをおかした。それでも、わたしはダアルショル、カンタロなのだ。まだいくつかの秘策がのこっている。

さらなるプランを実行にうつすべきときが訪れた。失った時間をとりもどさなければ。ふたたび、体内で戦いがはじまった。戦いを主張する側と降伏に賛成する側が争う。両方とも計画全体の一部だ。

とはいえ、独立クロノメーターは最終決定に影響をおよぼすだろう。秒針を刻む、その聞こえない音がカンタロのからだを震わせた。

5

数時間後、グッキーはふたたびペドラス・フォッホとオムレ・フィッカラルドとともに、難破船の格納庫にかまえられた拠点にいた。レジナルド・ブルもいっしょだ。一方、ペリー・ローダンは《シマロン》にもどることで、〝ドレーク〟のメンバーたちに対する信頼のみならず、自分が介入しなくともかれらがカンタロを探しだし、とらえられると確信していることを明確にしめした。

〝ドレーク〟のリーダーであるレノ・ヤンティルもローダン同様にふるまい、《ブルージェイ》にとどまった。

両指揮官とそのシントロニクスは、捜索部隊の行動すべてを後方支援する。

ハイパー通信スペシャリストの〝フィッツ〟ことオムレ・フィッカラルドは、先ほどの捜索からもどったさい、ちょっとした驚きをもたらした。カンタロ船のシントロニクスの記憶装置から乗員に関する情報を呼びだすことができたのだ。自慢げに出力フォリオをしめす。

〝指揮官ダアルショル。別名ウォルマイン、アロクトン。乗員は一名のみ〟

フォリオにはそう書かれていた。これでようやく、対峙《たいじ》する敵はひとりきりだと確定した。ただし、〝ウォルマイン〟という名前の意味は依然として謎のままだ。《シマロン》のシントロニクス結合体によれば、ダアルショルがこの名をべつの場所ですでに使用していた可能性もあるという。〝アロクトン〟という名前についても言及された。この名は、カンタロが自由商人と遭遇したさい、はじめて使用したものらしい。

フォッホは、《バルシーバ》にはもはやエネルギー活動がないと考えていた。これはいささか大胆な仮説だが、〝ドレーク〟のメンバーらしいものだ。

自由商人は、すでに探知拠点のネットワークを難破船全体に張りめぐらせていた。あらたなエネルギーや大きな動き、そして異常な騒音が発生すれば、ただちに探知装置がそれをとらえ、報告する。

その後、捜索部隊は船内から撤退した。とはいえ、戦闘部隊として難破船の外で待機し、いつでも介入できる状態にある。

こうして、フォッホとフィッツが、グッキーと宇宙船のシントロニクスとともに考案した計画の準備がととのった。いまや、捜索本部のわずかな人員のほかに難破船とその周辺にはだれもいなくなった……もちろん、カンタロをのぞいて。

まもなく、この捜索本部からも同様に人員が撤退した。ペドラス・フォッホはそのために、《ブルージェイ》の搭載艇《ホタル》を向かわせた。この八座艇には、武器マイスターとフィッツが装備すべてを問題なく運びこんだ。設置ずみの自動監視ステーションのいずれにも、ここから直接アクセス可能だ。

フォッホは行動にうつる前に、ペリー・ローダンとふたたび話をした。

「きみに全権をあたえる」テラナーが保証した。「全員にとって、巨船《バルシーバ》内にたったひとりのカンタロ、つまりダアルショルしかいないのは、いささか遺憾ではあるが。ペドラス、きみは故郷銀河の現況に関する情報がわれわれにとりどれほど重要かを知っているな。その情報はカンタロだけが提供できる。つまり、しかるべき注意をはらってカンタロをとらえてもらいたい」

「承知しました」ペドラス・フォッホが力をこめていう。「麻痺銃のみでとらえます。なにがあってもインパルス銃や分子破壊銃は使いません。われわれにまかせてください」

ローダンは無言で手を振り、一対一の通信を切った。いずれにせよ、テラナーは《シマロン》で逐一報告を受けるだろう。おまけに、現場ではブリーが自由商人たちに同行する。

フォッホは探知拠点に設置されたスピーカーと、複数の一般的周波数をそなえた通常通信装置のスイッチを入れた。このようにして、《バルシーバ》のカンタロに同時にふたつの手段で接触を試みる。

「《バルシーバ》内の唯一のカンタロ、ダアルショルに告ぐ。つまり、ウォルマインあるいはアロクトンとも呼ばれる者のことだが。きみの船は完全に飛行不能だ。逃げ道はない。したがって、投降するのが賢明だろう。ダアルショル、きっと気づいていると思うが、きみを殺すつもりはない。そのつもりなら、きみごと難破船をこっぱみじんに吹きとばせばすむ。ゆえに、応答せよ！　そして出てくるのだ！」

ペドラス・フォッホは、カンタロについてこれまでに知りえたあらゆる知識を意図的にこの呼びかけに詰めこんだ。これでおそらく、なんらかの反応を引きだせるかもしれない。

とはいえ、実際にはだれもただちに成功するとは期待していなかった。

それゆえ《ホタル》の通信装置が反応したときの驚きは、大変なものだった。オムレ・フィツカラルドがただちに、慌ただしく動きだす。どの送信機が使われたのか、できるだけ正確に探知したい。

「こちらはダアルショル」心地よい低音ボイスが響いた。はっきりと嘲笑がふくまれているのがわかる。「わたしを手にいれたいなら、迎えにきてもらわなければ。それとも、わたしを見つけだす勇気がないのか？」

ペドラス・フォッホは悪態をついた。だが、オムレ・フィツカラルドがはげしい身ぶりで口を閉じるようにしめすと、たちまち沈黙する。それでも、これ以上の言葉はとどかない。

「カンタロのかくれ場を探知できたならいいのだが」友からは〝フィッ〟と呼ばれる男が、装置を乱暴にあつかいながらいった。「すばらしい！　難破船の自動探知拠点から も、ダアルショルが使った送信機を探知したとの報告が入った。出撃にそなえよう！」

「ぼくが行くよ」ネズミ＝ビーバーが名乗りでた。

「わたしもだ」ペドラス・フォッホがだれにも反論を許さない口調でいった。グッキーがわずかにうなずく。

ところが、フィッが探知データをまだ分析しおえないうちに、ほかの出来ごとが起きた。難破船から、轟音がいくつか聞こえてきたのだ。まるで巨大なハッチが閉まるような音だった。船首付近から聞こえてくる。

ただちに監視ステーションから、この音ならびに計測されたわずかなエネルギー爆発についての報告がとどいた。

「難破船はまだ生きている！」フォッホがどなった。

「生きてんのは、カンタロさ」イルトが訂正した。

ブリーは、フィッの探知データ分析を手伝った。《シマロン》のシントロニクス結合体を直接《ホタル》のプロセッサーに接続し、データを呼びだす。

貴重な数秒が経過した。難破船内のほかの探知拠点からもさらなる情報がとどいたから。すると、フィッツが、《シマロン》のシントロンによって完全に肯定された最初の探知結果を報告した。ダアルショルの短い通信メッセージは《バルシーバ》の船首エリアから発信されたもので、まさにそこは轟音が聞こえたエリアだった。

「われわれの座標では、エリアK－23だ」ペドラス・フォッホがただちに告げた。「グッキー、わたしを連れていつでもそのエリアにジャンプできるよう、準備しておいてくれ。注意が必要だ。該当の探知拠点はもうデータを送ってこないから。おそらく破壊されたのだろう。そこにカンタロがいるはず。こんどこそ、捕まえる。まずは、マリブの戦闘部隊を出動させなければ」

ネズミ＝ビーバーはなにもいわない。たとえ、ペドラスがあの若いマリブ・ヴァロッザひきいる突入部隊に支援要請することを快く思っていないとしても。ふだんは感情をおさえているあの〝ドレーク〟の女副官は、自分の気にいらないことがあるとすぐにけんか腰になるのだ。

ペドラス・フォッホが出動を要請し、マリブ・ヴァロッザから受諾確認がとどくと、グッキーはフォッホの手をとった。同時に、イルトはフォッホを連れてエリアK－23にテレポーテーションする。

そこは大きなホールだった。まるで倉庫のようだ。ここから無数の通廊が《バルシーバ》のほかのエリアまでつづく。グッキーは一瞬、疑問に思った。なぜ、ゆうに直径三十メートルはあるこの空間が《バルシーバ》のよりにもよって船首につくられたのか。なんとなく、それはベカッスの〝永遠の船〟から入手したデータとはそぐわない気がする。

ホール中央では決定的事態が生じていた。

グッキーのセランの防御システムは完全に機能し、実体化すると同時に警報が鳴った。周囲は、高性能の防護服を着用していなければ耐えられないほどの温度だ。最高温度は、ほぼ千度に達する。そしてホール中央では、周囲よりもはるかに高温の火球が燃えていた。

船に張りめぐらせておいた探知拠点のセンサーは、これについてなにも報告しなかった。すでに無効化されていたにちがいない。ふたたびカンタロに、不可解な方法で出しぬかれたわけだ。

ペドラス・フォッホはすぐにマリブ・ヴァロッザとその部下にこの情報を伝え、出動部隊が事態にそなえられるようにした。

それからフォッホは、グッキーを連れて側廊まで後退する。

「フィッが必要だ！」フォッホがグッキーに向かって叫んだ。「フィッに、きみがいっていた〝がらくた装置〟を持ってこさせなければ。われわれの装置では、正確な情報が得られない。急いでくれ。さもないと、ダアルショルにまた逃げられるぞ」

ネズミ＝ビーバーは、ふたたびテレポーテーションした。五秒もたたないうちに、オムレ・フィツカラルドと、その携行センサー装置を連れてもどってきた。同時に、マリブ・ヴァロッザから連絡が入る。突入部隊二十名をひきい、難破船に侵入したという。じゃまが入らなければ、三、四分で現場に到着するだろう。

ペドラス・フォッホは、自由商人のべつの部隊を《バルシーバ》船首付近に送りこんだ。

フィツは装置を組みたて、エネルギー、壁、空洞、温度を計測した。もっとも壁は灼熱地獄で見えないが。その結果を、捜索部隊が前もって計測しておいたエリアK－23のデータと比較する。

火球の中心に球形の空洞が見つかり、そのなかは通常温度であることが確認された。ダアルショルの通信メッセージは、まさにこの場所から送信された可能性が高い。カンタロが起こしたにちがいない爆発から発生した炎が徐々に消えはじめていた。それでも手段を講じなければ、数時間以内に空洞に突入するのは不可能だろう。

先ほど聞こえた鈍い衝撃音について、正確には説明できなかった。オムレ・フィツカラルドは、それが球体空間の形成時に発生した音だと推測する。というのも、それ以前は空間が存在していなかったから。これまでに収集されたデータがそうしめしている。

ペドラス・フォッホは、妨げとなるエネルギーを中和するための技術部隊をさらに呼びよせたのち、グッキーとともに探知スクリーン上の映像を見つめた。直径十二メートルほどの球体がはっきりと見える。そのなかにはさまざまな物体があるが、識別できない。映像は明らかに不鮮明で、妨げとなるエネルギー・フィールドの存在を示唆している。その背後には、なにがかくれているのか、わかったものではない。

「ぼくなら、その球体にジャンプして入れるよ」ネズミ＝ビーバーが申しでた。「ただし、すでに一度、わけのわかんない罠に引っかかったことがあるから、できれば……」

「こうしよう」フォッホが口をはさんだ。「われわれは待機する。クロロの技術部隊が炎の壁を排除し、マリブ・ヴァロッザの部隊が球体の壁を破壊する。のこりは、われわれふたりでかたづける。わかったか？」

「やたら無鉄砲なあんたが、すこしは慎重になってくれてよかったよ」イルトがいった。

「ローダンにいわれたのだ。カンタロを甘く見てはいけないって」

すでに、マリブ・ヴァロッザの部隊が到着したようだ。隊員は全方向に分散し、そこから《バルシーバ》内部に通じる通廊やシャフトを確保する。まもなく、クロロの技術部隊も到着した。迅速に火球のエネルギーを吸いとるための大型マシンをたずさえて。

しだいに、球体セルが見えるようになった。外殻は、さまざまなメタル色の複数のセグメントからなる。グッキーは思った。これが組みあわされるさいに轟音が生じたにちがいない。イルトはペドラス・フォッホにそう告げた。

「ここにはほかにもまだ、カンタロがスイッチを入れるだけで機能する設備があるはずだ」武器マイスターが断定した。「われわれ、それも見落としていたな。クロロとその部隊をただちに捜索に向かわせる。フィッ、きみにも手を貸してもらいたい」

すでにマリブ・ヴァロッザひきいる部隊が、大型の分子破壊装置を組みたてていた。放射フィールドが球体の外殻に狙いをさだめる。フォッホが合図を送ると、エネルギーがそこに注《そそ》がれた。

その後、生じた事態に自由商人たちは息をのんだ。球体の外殻がセグメントに分裂し、一定のリズムでジャンプしはじめたのだ。セグメントは一見、無秩序に室内を跳ねまわっているように見えたが、やがてグッキーとペドラス・フォッホの周囲に集まりはじめた。

そのあいだに、真っ暗な換気シャフトから飛んできた一発の弾丸が、大型分子破壊装置を粉砕した。マリブ・ヴァロッザとその部下たちが吹きとばされる。ヴァロッザはグッキーの足もとまで転がり、その直後、最後のセグメントがフォッホとイルトをかこんだ。マリブもまた、この罠に閉じこめられたのだ。

とらわれた空間は、直径わずか三メートルほどだったが、たちまちひろがり、もとの直径十二メートルの大きさにもどった。

「フォーム・エネルギーだな」ペドラス・フォッホが断定した。「あのカンタロの悪党にまたしても、してやられたわけだ」

「カンタロの悪党だって?」マリブ・ヴァロッザが立ちあがりながらいった。その視線には毒気があふれ、壁が自然と溶けださないのが不思議なほどだ。「あんたの言葉は、ややフレンドリーすぎるね、ペドラス!」

女が発した怒りの言葉は、グッキーがこれまでの長い人生で聞いたなかでもっとも下品なものだった。イルトはテレキネシスでマリブの口を閉じると、からだを浮かびあがらせ、

「そこでしばらく頭を冷やすといいよ」と、告げた。「比較的ましな言葉を使うって、ぼくに約束できるようになるまで」

女は了解をジェスチャーでしめし、グッキーはマリブを湾曲した床にいささか手荒く落とした。

「えらそうなこというんじゃないわ、〝ビーバー=ネズミ〟」女が恨みがましくいった。

「たぶん、あんたもあの汚らしい……」

グッキーは警告するようにひとさし指を立て、同時にマリブの舌を麻痺させた。

「もう口汚い言葉はやめてよ! むしろ、あんたをそれほど怒らせた張本人が、どこにかくれているか、よく考えてみなよ」

マリブ・ヴァロッザはこれにしたがい、黙りこんだ。

「ぼかあ、ジャンプしないよ」グッキーがふたりに向かっていった。「あのダアルショルがどんな陰険な手口をかくし持っているか、だれにもわかんない。あんたの意見は？」

「フォーム・エネルギーには、ジェネレーターと制御装置が必要だ」ペドラス・フォッホが断定した。「フィッツも同じように考えるだろう。クロロとともに、ほかのエネルギー源を探しているはずだ。いざというとき、あのワシ鼻はたよりになる」

「わたしなら、むしろ自分を信じるわ」マリブ・ヴァロッザが、フォッホとグッキーに怒りの視線を向けた。

「それと、あんたのおしゃべりな口だよね」グッキーがつけくわえた。「けど、ここでは役にたたないよ」

イルトはまず、オムレ・フィッツカラルド、次に《シマロン》に通信装置で呼びかけたが返事はない。外界から完全に遮断されているようだ。

「つまり、またもやエネルギー・フィールドのしわざというわけか」フォッホがネズミ＝ビーバーの指摘に同意した。「これでは、慎重にならざるをえないな。もう機能しないと思えたシステムを、なぜ、あのカンタロはまたもや作動させられたのか。わたしには、この疑問に答えられない」ペドラス・フォッホが考えこみながらつづける。「ペリー・ローダンのいうとおりだ。われわれ、カンタロを甘く見すぎていた。なにが起きるかを決めるのは、われわれではなく、あの男なんだよ」

この瞬間、球体の壁が崩れおちた。三名はふたたびホールのなかにいた。フォーム・エネルギーが文字どおり、消滅したのだ。

オムレ・フィッカラルドひきいる自由商人たちは、外殻に向かって戦闘態勢で立っていた。奇妙な光景だった。想定された敵の姿がまったく見あたらないから。

「あそこだ！」グッキーとハイパー通信スペシャリストがほぼ同時に叫んだ。ふたりとも同じ場所をさししめしている。

イルトは、逃げようとしたダアルショルの一瞬の思考をキャッチし、フィッツは、カンタロの姿を不可視にするデフレクター・バリアを探知していた。

「ぼくがテレキネシスで捕まえる！」グッキーが叫んだ。「ディフレクター・フィールドを無効化するんだ！ 拘束フィールドを用意して！ それでカンタロをとらえよう」

「パラライザーを用意しろ！」ペドラス・フォッホが、ミュータントとみごとな連携をとった。「姿が見えたら、麻痺させよう」

すでに、オムレ・フィッカラルドと自由商人数名がディフレクター・フィールドを無効化する装置を組みたてていた。放射フィールドが、ディフレクター・エネルギーが計測されたポイントに向けられる。

フィッツがスイッチを入れた。

すると、カンタロが姿をあらわす。グッキーは、アロクトンに扮したこの男と遭遇したときとのちがいをほとんど見つけることができない。目の位置や虹彩《こうさい》の色にわずかな変化が見られるだけだ。

これが、カンタロの真の姿なのか？　ほとんど人間のようだ。これまでだれもがいだいていたカンタロのイメージとはそぐわない。それとも、これもまたプロジェクションなのか？

ダアルショルは、ほとんど絶望したようすで周囲を見まわしている。両手をあげ、幅広のベルトで左肩からさげた大型コンビ銃をはっきりと遠ざけてみせた。

それでも、ペドラス・フォッホがリスクを冒すことはない。すでにペリー・ローダンの言葉から学んでいた。このカンタロは信用できない。これまで充分にだまされてきた。

「撃て！」フォッホの唇から、鋭い指示が飛んだ。

すくなくとも十挺《ちょう》のパラライザーから、ダアルショルのからだに向かってビームがはなたれる。カンタロはとっさに半回転し、うめき声をあげながら床にくずおれた。

ペドラス・フォッホは安堵の息をつき、勝ちほこったようにおや指を上につきだした。いつでも発砲できるようにコンビ銃をかまえながら、微動だにしない男に近づいていく。うつ伏せに横たわるカンタロを靴先でひっくり返し、じっくりと観察した。

ダアルショルの呼吸は、パラライザーで麻痺させられた者には通常のごく浅いものだ。目を閉じているが、この言葉がよく聞こえているだろう。

「フィッ！」フォッホが叫んだ。「レノ・ヤンティルとペリー・ローダンに知らせてくれ。そして、捕虜を運びだせるよう、拘束フィールドを用意してもらいたい」

「すでにとりかかっています」オムレ・フィツカラルドが応じた。

ダアルショルは半秒もかからずに、床にまるまって横たわる状態から跳びおきた。ペドラス・フォッホの手から武器を振りおとすと、次の半秒で防御バリアにつつまれる。

「これでわかっただろう」カンタロが鋭い声で叫んだ。「ここでは、どちらがすばやいか！」

ダアルショルはペドラス・フォッホにパンチを見舞い、床にたたきつけた。これもグッキーと自由商人たちにとり、ふたたび完全に予期せぬ行動だった。カンタロが大型コンビ銃をかまえる。

イルトはテレキネシスを使おうとしたが、カンタロの反応が速すぎた。銃撃の炎がホールを薙ぐ。戦闘服で守られた自由商人たちはほとんどダメージを受けなかったが、ほぼすべての技術装置がたちまち溶解した。

グッキーは相手の弱点を探しつづけた。テレキネシスでダアルショルに触れようとしたが、不可解な抵抗を感じる。

マリブ・ヴァロッザひきいる部隊のふたりが、カンタロに向かってインパルス・ビームをはなつ。ダアルショルの防御バリアが燃えあがるが、攻撃に耐えた。

「おろか者！」ドロイドが叫んだ。まるで事態を楽しんでいるかのようだ。「ローダンの話を忘れたのか？　きみたちはわたしを生けどりにしなければならない！　インパルス銃やほかの大型銃は使用禁止だ！」

驚いた男たちは実際、銃をおろした。

カンタロは、動かなくなったペドラス・フォッホをかつぎあげると、突然、走りはじめた。まっすぐホールの側壁に向かい、そのままそこを突破する。壁がまるで紙のようだ。

グッキーは、カンタロが姿を消す前にちいさな物体を落としたのに気づいた。

突然、巨大な爆発が生じた。カンタロが鋼の壁を突きやぶり、なにかを落としたまさにその場所だ。

「くそったれ！」マリブ・ヴァロッザが叫び、一連のありえない言葉をつけくわえた。

「こんどばかりは、あんたに反論できないな」グッキーがいう。イルトには、この二十秒間が悪夢のように感じられた。

ここでグッキーは、カンタロがおかした過ちに気づく！

それとも、フォッホを誘拐したのはあらたな策略なのか？　イルトはとまどった。それでも自分にいいきかせる。どうであれ、いまならカンタロを追跡できる!

＊

ダアルショルのなかで、声にならない葛藤がつづいていた。一方は戦いを望み、一方はあきらめたいという。この瞬間は、戦いをもとめるシントロニクス的要素が勝利した。それで、自由商人を誘拐したのだ。

いまや、カンタロはあらたな切り札を手にいれた。その名はペドラス・フォッホ。人質がいるいま、自由商人は慎重にならざるをえないだろう。おまけに、自分がどれほど機敏に動けるかを敵に見せつけてやったのだ。

ライトベージュの戦闘服の受信装置が、たったいま生じた混乱のようすを伝えてくる。だれもが動揺し、孤独な戦士のシュプールをすぐに追うにはいたらない。

船首エリアからの脱出は、ダアルショルにとり問題ではなかった。コンビネーションは、自由商人が船内のすみずみまで張りめぐらせた自動探知拠点をはなれた位置からでも検出できる。容易に避けることが可能だ。

もっとも、《バルシーバ》内の通廊やシャフトを使わなければ、さらに移動はかんたんだ。空調システムや停止あるいは故障したエネルギー管も移動に適している。そのさい、なにか壊れたところで、なにも問題はなさそうだ。

体内の独立クロノメーターが特殊シグナルをふたたび発し、根本的問題を思いださせる。おそらく、数時間以内に投降したほうがいいだろう。もちろん、本当に降参するわけにはいかない。性格上、それは不可能だ。

きびしい道を選んだシントロン・プロセッサーはすでに調査し、中央意識に伝えてくる。危険なミュータントのグッキーを排除するために、あらゆる手をつくせと。

ダアルショルはただちに、この要求を受けいれた。あの毛むくじゃら生物を排除する方法は、もうあまりのこっていないが。

左腕には捜索隊の男がだらりとぶらさがる。外見上はなにも問題なさそうだが、どうやら強く殴打しすぎたようだ。この男が死んだところで、なにも問題はない。いまや、カンタロに感傷やためらいはなかった。

《バルシーバ》内にかくしておいた最後の爆発物三つのスイッチを入れた。これにより、自由商人はさらに不安をあおられ、にせのシュプールに導かれるだろう。それからしばらく待ち、あとはすべて音響センサーにまかせた。

安全を確信すると、意識を失った人質を連れ、かくれ場にこっそりもどった。ここにいるとは、だれも思いもしないだろう。この場所は、外からはまず気づかれないかくれ場だ。

これから数時間でいくつかのことが起きるだろう。自問した。このトリックを見破る者がいるだろうか。いるはずがない。

独立クロノメーターが時を刻み、有機脳がふたたび、戦いを放棄するようもとめた。

6

グッキーは、急いでオムレ・フィッカラルドを呼びよせた。ハイパー通信スペシャリストは、突然カンタロがペドラス・フォッホを連れて逃げさったことに、ほかのだれよりもショックを受けたようだ。

「撤退しよう!」イルトが告げた。「とりあえず、あんたはブリーのいる《ホタル》にもどってよ。全員、《バルシーバ》から撤退だ! むだな質問はなしだよ。なにがなんでも撤退しなくちゃ」

すると、グッキーは相手の反応も待たずに《シマロン》に向かってテレポーテーションした。ペリー・ローダンはすでに直近の事件について報告を受けていた。計画の失敗に陰鬱そうな表情を浮かべ、

「なぜ、こんなことになったのだ?」と、グッキーを問いつめる。

「いまさら、それはどうでもいいよ、ペリー。カンタロがミスしたんだ。それを利用しなくちゃ。そのためには、あんたのサポートが必要なのさ。《ホタル》との通信網を完

全に遮断させてよ。難破船内の自動計測拠点や探知拠点との通信も。それに、宇宙船どうしの情報交換は高度に暗号化しなくちゃ。しばらくは完全に沈黙して、難破船を観察するだけにして。あのドロイドは、ぼくたちのことを知りすぎてるのさ。ぼくらがどこにいて、なにを計画しているのか、つねに知ってるみたい。カンタロをあらゆる情報源から切りはなすのさ」

「意図はわかった」ローダンは、一瞬考えてから応じた。「だが、そうすればカンタロに近づくすべての機会を奪ってしまう。おまけにフォッホが捕まっているのだ」

「そのとおり！」グッキーが背筋をぴんと伸ばした。「それこそ、カンタロがおかしたミスなのさ。ま、見ててよ。この問題は、ぼくひとりで解決できるから。戦闘部隊に拘束フィールドの準備だけさせておいてよ。でも、部隊には前もって通信機で話しかけちゃだめだ」

「前もってとは？」ローダンが眉間《みけん》にしわをよせた。

「ぼくが部隊を呼ぶ前にってこと」ネズミ＝ビーバーが訂正した。

「なにをするつもりだ、ちび？」

「いまにわかるよ。でもって、できるだけ人に知られないようにして。そうしてのみ、カンタロにも知られないから。それから、どんな手を使ってでもレノ・ヤンティルをおとなしくさせといて。〝ドレーク〟の連中は、すぐにでもペドラスを力ずくで救出しようとするだろうから。それはきっと成功しないし、友の命を危険にさらすだけ。わかった？」

ペリー・ローダンはうなずいた。「危険だが許可する、グッキー。いいかげんに大騒ぎを終わらせなければ。きみがなにをするつもりか、わかっているつもりだ」

「まったくかんたんなことさ、ペリー」イルトがささやいた。「ぼかあ、ダアルショルが携行する送信機が動きはじめるのを待つ。あの男の思考はぼくにかくせるけど、ペドラスのほうはそうはいかない。でもって、友がぼくに伝えてくる情報を待つ。なにがいって、送信機が作動してもカンタロがそれに気づかないってことさ」

グッキーがふたたび、テレポーテーションした。ペリー・ローダンは、可能なかぎり慎重にネズミ＝ビーバーにいわれたとおりにするつもりだった。

＊

グッキーは、あてもなく、難破船内をジャンプしてまわり、《バルシーバ》中心部のちいさな室内で実体化した。ここで、腰をおろすのに適した椅子のたぐいを探す。

そして、テレパシー感覚を研ぎすませ、周囲の状況に完全に集中した。半径百三十メートル圏外に存在するものは、すべて船外にあるということ。そして、そこからくるあらゆる思考シグナルは、自由商人のものでなければならない。ネズミ＝ビーバーはそれらを慎重にブロックした。じゃまになるだけだから。

こうして、イルトの頭のなかに突然、テレパシー的静寂が訪れた。

カンタロがあらゆる盗聴に対して守られていることは、すでに学習ずみだ。またカンタロは、テレパシーでとらえられる思考を有機脳あるいはからだのほかの有機的あるいは無機的部分で、意識的に生じさせることもある程度可能だ。

グッキーがアロクトンと遭遇したさいも、それに引っかかった。そもそもそれが偽装だと気づかなかったのだ。なぜなら、カンタロが思考の一部を遮蔽していたから。

グッキーはそこから学んでいた。ダアルショルにふたたびだまされないよう、ごく慎重にならなければ。

テレパシー的静寂がしばらくつづく。グッキーは焦燥感にかられていた。カンタロはペドラス・フォッホを殺してしまったのだろうか？　実際、それはありえない。意味がないからだ。一方でカンタロは、時に論理に合わないことをすることがあった。そうせざるをえない。

グッキーは、難破船《バルシーバ》からはなたれる、あらゆる思考の断片を受けいれた。

ようやく、ペドラス・フォッホを見つけたが、その脳はほとんど完全に休んでいる。これは友がまだ意識を失っているというしるしだ。それは同時に、フォッホがまだ生きていることを意味する。この〝発信機〟が本当に活性化されるまで、そう長くはかからないだろう。

そうなれば、すべてがペドラス・フォッホの行動にかかってくる。グッキーは信じていた。《ブルージェイ》の武器マイスターは自分のおかれている状況を正しく把握し、しかるべき反応を見せるはず。

数分が経過。突然、ふたたびペドラス・フォッホの思考をとらえた。まだ麻痺しているせいか、ぼんやりしているようだ。やがて痛みが思考を混乱させ、あわてふためきだす。グッキーは、自分にとって重要な思考をとりだすのに、ほとんど苦労しなかった。

〈しずかにしていなくては。意識をとりもどしたことを悟られないように！　目を閉じたまま、動くな！〉ペドラス・フォッホは心のなかで自分自身に話しかけていた。

グッキーは、他者のテレパシー情報にこれほど深く干渉したことはめったにない。本来、そうすることに抵抗を感じていたから。だが、今回はその必要がある。

〈なにが起きたのか？〉〝ドレーク〟の副官は考えた。〈この悪魔のようなドロイドにしてやられたのだ。そのあとの記憶はなにもない。まず、自分がまだ大ホールにいるのかどうかをたしかめなければ……片目を開けてみるか。ほんの一瞬だけ……〉

短い間が生じ、グッキーはなにもキャッチできなくなった。最悪の事態を覚悟する。

そのとき、ペドラス・フォッホがふたたび、思考しはじめた。

〈そこにいるのはダアルショルだ。ここがどこだか、わからない。カンタロは、《バルシーバ》ですでに何度か見たことのある制御盤と似たような装置を操作している。わたしは……いや、グッキーか！〉

自由商人がいま感じている驚きを、ネズミ＝ビーバーはとらえた。すぐには言葉にならないなにかに気づいたようだ。それでも、友はたちまち言葉をとりもどす。

〈グッキー！ ちびがこの思考をとらえているにちがいない。カンタロのやつ、わたしを誘拐したのは賢明ではなかったな。イルトが誤解しないよう、明確に整然と考えなければ。思考で、こちらの状況すべてを伝えよう。そうすれば、グッキーと仲間がわたしを救出し、このダアルショルをとらえるチャンスがついに訪れるはず〉

ネズミ＝ビーバーの心臓は高鳴った。まさに、これを期待していたのだ！ いま〝発信機〟が作動しはじめた。

ダアルショルがすぐにはペドラス・フォッホからはなれないよう、そして〝ドレーク〟の副官が的確な情報を提供してくれるよう、ひたすら願うしかない。とりわけ、誘拐犯と誘拐された友の居場所が重要だ。思考をとらえることで、ある程度の探知が可能だが、現況では場所の特定までにはいたらない。なにかがイルトをじゃましているようだ。おそらく、ダアルショルが構築したエネルギー・フィールドだろう。その手のことについて、グッキーは充分にくわしかった。

それでも、グッキーは気づいた。ペドラス・フォッホは……それによりカンタロも……イルトの現在地と《バルシーバ》の船首のあいだにいるにちがいない。すくなくとも長さ百二十メートル、横幅八十メートルの範囲。さらに正確な位置の特定が必要だ。

フォッホは考えた。〈グッキー、おそらくわたしの思考を追っているのだな。遺憾にも、きみからはなにも受信できない。絶対にテレカムを使うな。そうすれば、なにが起きているのか、たちまちドロイドに気づかれてしまうだろう。だが、それでもかまわない。きみに情報を提供しよう〉

ネズミ＝ビーバーは文字どおり、〝ドレーク〟の副官が息を吸うのがわかった。

〈いいか、ちび。わたしは、縦八メートル、横六メートル、高さ三メートルほどのちいさな部屋にいる。これまでの調査では、このような空間は見つかっていない。壁は光沢のある金属製。まちがいなくエネルギー・フォームではなく、通常の物質だ。わたしはうしろ手に縛られている。両脚も同じだ。部屋全体を見わたすことはできないが、カンタロが操作する制御卓以外は、なにもないようだ〉

ペドラス・フォッホが意識的に考えれば考えるほど、グッキーには、ますますコンタクトが緊密に感じられた。まるで、自分が相手の一部のようだ。友の意識にますます深く入りこんでいく。

〈部屋は人工照明に照らされている。つまりダアルショルは、ここでもかくされたエネルギー源を稼働させているということ。ほかにも所持している可能性がある。カンタロがスイッチを操作すると、ときおり、空中で軽い音がする。エネルギーとなにか関係があるようだ。いま、ダアルショルが手を休めた。こちらに近づいてくる〉

ネズミ＝ビーバーも自由商人も息をのんだ。

〈カンタロがわたしを持ちあげた。完全に意識をとりもどしたことにまだ気づかないようだ。とてつもない力持ちなのだろう。まるで軽い羽根のごとくわたしを運んでいく。室内には実際、なにもない。制御卓がちらりと見えた。グッキー、ここにエネルギーの罠がしかけられているにちがいない。きみを狙ったものなのか、あるいは一種の陽動作戦なのか、わたしにはわからない。カンタロが爆弾の起爆装置を作動させた。爆弾は、物体の接近に反応するようだ。一分以内に爆発するだろう。つまり、ここでだれかを待ちぶせしているのだ。それはきみかもしれない！　カンタロは、わたしが思っていたよりも狡猾《こうかつ》なようだ。おそらく、わたしはきみをこの罠に誘うために誘拐されたのだろう。われわれは床のハッチから外に出る。おそらく、空調システムの一部と思われる真っ暗なシャフトに滑りこみ……〉

グッキーは、すでに場所を正確に把握していた。ダアルショルとペドラス・フォッホはいま、そこをはなれたようだ。爆弾を解除するのに、あと数秒の猶予がある。

イルトはテレポーテーションし、遮蔽された室内で実体化した。ひと目で爆弾をとらえた。かなりの大きさだ。起爆シンボルのすぐ前に発光表示板がある。原理は容易にわかった。グッキーはタイマーを停止させた。それからふたたびテレポーテーションし、カンタロがしかけた爆弾をすべて回収する。

そして、爆弾をいまはだれもいないペドラス・フォッホの捜索拠点に置いてきた。

〝ドレーク〟の副官との思考コンタクトはいまもつづいている。ダアルショルがめざす目的地が徐々に明らかになってきた。またもや船首エリアにちがいない。イルトは、敵がどこに向かうつもりなのかがわかった。

グッキーはふたたび、テレポーテーションした。《シマロン》で実体化すると、すぐにペリー・ローダンのもとに向かう。

「進展は?」ペリー・ローダンが訊いた。「すべての準備はととのった。レノ・ヤンティルとその戦士たちも、いまのところおちついている」

「部隊に拘束フィールドを持たせて出撃させていいよ」グッキーが告げた。「目標は、おそらくK-23。船首エリアのあのホールだ。部隊をこっそり近づかせておいて。でも、ぼくの合図があるまでK-23には突入させないでね。わかった、おいぼれ?」

グッキーは、はつらつとしていた。おまけに、ペドラス・フォッホの誘拐に責任を感じている。友のためになにかしなくては。ローダンはただうなずき、イルトにまかせることにした。グッキーは手を振ると、一瞬で姿を消す。

《バルシーバ》内の最後にいた場所にもどった。そこには、解除したカンタロの爆弾がおかれている。ペドラス・フォッホの思考を完全にとらえるのに、二秒もかからなかった。

ダアルショルは設置した罠からかなりはなれた場所に、〝ドレーク〟の副官とともにいた。ペドラス・フォッホは非常に興奮している。完全に意識をとりもどしたことを、カンタロに気づかれたたから。

「目がさめたか?」ドロイドが訊く。グッキーはこの言葉を、ペドラス・フォッホの意識内に生じるエコーから読みとった。「きみの友グッキーのために罠を用意した。こんどこそ、死んでもらわねば。やつはあまりに危険だ。ほかの者たちであれば、見つかったとしても楽勝だが。もっとも、その可能性はほとんどないだろう。われわれはまもなく、船首エリアの一部破壊されたホールにもどるから。そこにはもうセンサーはない。すべて破壊した。それに、わたしがそこにもどるとは、だれも思ってもみないだろう。それでもまず、準備をととのえておかなければ」

フォッホは軽蔑的な言葉を吐くと、ネズミ＝ビーバーに意識を完全に集中させた。もっともイルトはいま、自分の行動が正しいと確信できずにいるこの〝ドレーク〟の副官にわずかな不安をいだいた。とはいえ、相手に知らせる合理的な方法が見つからない。くわえて、それによりこの計画が露呈するリスクを高めるだけだろう。

とりたてて重要なものはなさそうだ。ダアルショルが《バルシーバ》に設置した自爆装置は四つのみだから。それについてはなんの説明もない。それでも、ペドラスは推測した。カンタロは、いくつかの重要な技術的秘密を守るつもりだろう。グッキーもこの点については同じ考えだ。それこそ、カンタロが自船を最終的に放棄した証拠だろう。

なぜ、ダアルショルはいまだ戦いつづけ、降伏しないのか。それはやや謎めいてみえた。ドロイドは、是が非でもイルトを破滅させようとしている。そこまで危険視されるとは。グッキーは誇らしい気分だった。いまは、無意味な野心に駆りたてられているだけなのか？　ダアルショルはこの目標を達成すれば、降伏するかもしれない。

グッキーはふたたび、ジャンプした。爆弾をかかえながら。

セクターK－23付近で実体化し、すぐにかくれ場を探した。そのあいだに〝ドレーク〟の副官の思考をふたたびとらえる。ドロイドとその人質は数秒後、一部破壊されたホールに到着するだろう。ホールはいま、深い闇につつまれている。グッキーはふたたび、ジャンプした。ダアルショルより先に、目標ポイントに到達したい。

セランの投光器を台の上に置いたが、点灯させなかった。それは、いつでもセランからできる。そして、ホールの反対側に移動した。そこからカンタロの足音が聞こえてくる。

ダアルショルがホールに足を踏みいれた瞬間、グッキーは投光器を点灯させた。光球が顔のまんなかにあたり、ドロイドはからだを硬直させた。それでも、人質と大型銃を手ばなさない。

グッキーはテレポーテーションした。そして、ドロイドの数歩手前で実体化する。ダアルショルもすでに自分の投光器を点灯させていた。最初の驚きはとうに克服していたが、二度目の驚きにはさらに打ちのめされたようだ。

ネズミ＝ビーバーはダアルショルがよく知る爆弾を、文字どおり突きつけた。カンタロがくぐもった叫び声をあげる。

「受けとれよ！」グッキーが叫び、爆弾を相手に向かって投げた。「こんどは、ぼくが起爆のタイミングを決めさせてもらうよ！」

計画は成功した。いま、ドロイドの有機的要素がより本能的な反応をみせる。ペドラス・フォッホをほうりだしたのだ！　そのかわりに、巧みに爆弾をキャッチした。武器はいまだ手にしている。

テレキネシスの力をもってしても、グッキーはペドラス・フォッホをカンタロから引きはなすことはできなかった。だが、爆弾のトリックによってそれが可能になったのだ。

「爆弾を解除するのに一分間あげるよ、カンタロ」イルトがさらに脅した。そうすることで、ダアルショルがすぐにこの場からふたたび消えさらないようにしたのだ。「解除できなければ、あんたも爆発するよ！」

カンタロはいまや、完全に混乱しているようだ。相手が反応する前に、グッキーはふたたびテレポーテーションした。まずペドラス・フォッホをつかむ。ドロイドがネズミ＝ビーバーの意図に気づいたとき、すでに手遅れだった。グッキーは、拘束された友を連れて姿を消したのだ。同時に通信シグナルを発し、拘束フィールドをたずさえた部隊が介入する。

イルトはつねに《シマロン》までのジャンプ・データを把握していたので、拘束されたままのフォッホとともに、ペリー・ローダンのそばに実体化した。

「はい、どうぞ。フォッホの手枷《てかせ》をほどいてあげてくんない？」

イルトはただそう告げると、すぐに姿を消した。

ホールにもどり、ひとりでカンタロと対峙するためだ。

「外に逃げるしかないよ！」ネズミ＝ビーバーが叫んだ。ダアルショルはこのときはじめて気づいた。ここにいるのは、自分ひとりではない。

「もどってきたのか？」ドロイドが笑い、爆弾をただ落とした。「たいしたトリックだったな、ちび。だが、もうわかったぞ。もし爆弾がすでに解除されていなければ、きみはもどってこなかっただろう」

「そのとおりさ、ダアルショル。でもって、いいかげんに降参しなよ！」

「けっして降参しない！」ドロイドは自信をとりもどしていた。人質を失った痛手をすでに克服したようだ。

ダアルショルは全速力で走りだしたが、グッキーのほうがさらに速かった。倒れた鉄骨のうしろにジャンプし、テレキネシスでこれを持ちあげる。そして、その重い塊りをカンタロに向かって投げつけた。

敵は両腕を上に伸ばし、そのさい、高性能大型コンビ銃を落とした。鉄塊があたり、よろめく。ふつうの人間なら、いまごろは押しつぶされているはず。

ダアルショルは、すぐにふたたび立ちあがった。それも、恐ろしいほどのすばやさで。武器に手を伸ばすと、それをかまえる。すかさずグッキーはテレポーテーションしたが、一発命中し、セランの防御バリアが燃えあがった。カンタロは手ごわい。分子破壊銃と重力パルサーをすばやく交互に操っている。

グッキーはミュータントの力にたよった。コンビ銃を奪おうとするが、ダアルショルは手をはなさない。そのため、カンタロは宙に投げだされ、反対側の壁にぶつかった。

イルトは、わずかな混乱に乗じた。こんどはテレキネシスで武器をつかむことに成功する。それを空中に浮かべた。ただちにダアルショルが、グラヴォ・パックであとを追う。ネズミ＝ビーバーの計画はふたたび危機に瀕した。そこで、グッキーは戦術を変える。

コンビ銃を落とし、テレキネシスの力を完全にドロイドに集中させたのだ。

だが、想像していたほど、それは容易ではなかった。コンビネーションの重力エンジンが、イルトが振りしぼる最後の力を奪う。

グッキーは一、二分、あるいは三分以上は持ちこたえられないだろう。

さいわいにもこの瞬間、自由商人たちが拘束フィールド装置をたずさえ、ホールに突入してきた。ペリー・ローダンがみずから部隊をひきいている。レジナルド・ブルとレノ・ヤンティルもいっしょだ。

一瞬でリング状フィールドが生じた。ブリーはそれをゆっくりと上昇させ、カンタロをつつみこむ。すると、ドロイドは最後の抵抗をあきらめた。グッキーは疲れはて、プシオン力をとめた。

このたったひとりのカンタロとの戦いに、とうとう勝利したのだ。

難破船《バルシーバ》内で爆発音が四つ轟《とどろ》いた。ダアルショルが最後の行動を起こし、自爆装置を作動させたのだ。これにより、おそらく自分の宇宙船のもっとも重要な秘密を守ったのだろう。

7

拘束されたカンタロが《シマロン》に移送されるあいだも、最後にもう一度、自由商人は難破船に殺到した。ペリー・ローダンがレノ・ヤンティルと協議し、そう望んだのだ。ふたりとも、船内にほかの生命体がいないことを確認したかった。同時に発進準備が進められる。

実際、カンタロがテラナーと同じような外見をしていることに多くの乗員が驚いた。それでも最初の調査によって、ドロイドの特徴が確認された。さらなる調査と尋問は、フェニックスにて予定されている。

自由商人がバルトロ星系から撤退すべきときが訪れた。まだほかのドロイド船は姿を見せないものの、いずれ出現するものと覚悟しておかなければ。そして、その手の好まざる状況を避ける必要があった。

一方、ペドラス・フォッホがもどった《ブルージェイ》では、そのもとに〝ドレーク〟のメンバーとネズミ＝ビーバーが集《つど》い、最新情報を交換していた。

難破船《バルシーバ》から最後の捜索部隊が撤退したとき、ダアルショルはすでに《シマロン》の貯蔵ホールに収容されていた。カンタロの動きは、まだ拘束フィールドで制限されている。ホールはさらに、通常は通過不可能なバリア・フィールドと拘束フィールドの予備システムで守られていた。

レジナルド・ブルが目下のところ、乗員数名とともに捕虜を見張る任務をになう。カンタロは完全に無関心をよそおっていた。ほとんど無気力といっていい。話しかけられると、暗い顔を向けるだけ。グッキーがペドラス・フォッホのところからもどると、テレパシーで試みたが、ドロイドはすでに自分の殻に完全に閉じこもっていた。

最後に帰還した捜索部隊も、難破船内に生命体はもう存在しないと異口同音《いくどうおん》に報告。

とはいえ、カンタロのトリックにはこれまで充分すぎるほどだまされてきた。そこでブリーが、ペリー・ローダンの依頼により最後の確認を試みる。

エネルギー・フィールドに拘束されたダアルショルに近づき、確実に聞こえるようにこう告げたのだ。

「われわれの宇宙船はまもなく、永久にこの惑星をはなれる。きみが《バルシーバ》から連れだしたい者はいないのか、あるいは持ちだしたいものはないのか。われわれのだれも、ここにもどることは二度とない。どのような生物も、カンタロでさえ、この砂漠惑星では生きながらえることはできないぞ」

ダアルショルはブリーを注意深く見つめた。驚いたことに、はっきりと端的に、なおかつ訛《なま》りのない英語で答えたのだ。インターコスモではない。

「出発してかまわない。《バルシーバ》から持ちだすべきものはなにもない。そこにほかの生命体もいない」

「それできみのいいたいことはすべてか？」ブリーは、とりわけ親しみをこめて訊いた。ドロイドは答えるかわりに、かぶりを振った。これ以上、話すことはないという明確な意志表示だ。ブリーは、ペリー・ローダンに結果を報告した。

「ほかにやれることはなかった」ローダンがきっぱりと告げた。完全に満足しているようには見えない。「ここをはなれよう。まずは軌道上の《イエーリング》と《アルハ・タルコン》と合流する」

「で、《バルシーバ》は？」友が訊いた。

「連れていくわけにはいかない。あの難破船はもう自力では飛べないだろう。ダアルショルは重要な情報記憶装置を破壊した。そのため、あの船はもう役にたたない。われわれ、ドロイドから情報を引きださなければ。きっと《バルシーバ》はカンタロ技術に関する興味深い研究対象になるにちがいない。それでも、ここに乗員をのこしていくにはリスクが高すぎる。ほかのカンタロがここにあらわれたら、乗員はただちに排除されるだろう」

ブリーは理解した。

まもなく、《ブルージェイ》がスタートした。《ヴァレ・ダク・ズル》と《モンテゴ・ベイ》がそれにつづく。しんがりを《シマロン》がつとめた。

《イエーリング》と《アルハ・タルコン》が待機する軌道に到達する前に、ペリー・ローダンは両船の指揮官と連絡をとった。ふたりとも、惑星ゴビにおける重要な出来ごとについては船のシントロニクス結合体によってすでに知らされていた。

「《ホアング゠ダン》とつないでもらいたい」テラナーが告げた。「あの情報屋と話す必要がある」

要求された通信はすぐに確立された。ローダンの目の前のスクリーンに、男カルタン人の顔があらわれる。

「メン゠ウォ」ローダンが話しかけた。「きみはもう、宇宙船もろとも行ってかまわない。われわれのだれも、きみに手だしすることはないだろう。これから、警備部隊が《ホアング゠ダン》からはなれる。どこでも好きなところに向かって飛ぶがいい。ただし、もうひとつ、いっておく。この経験で知りえたことを情報として売ろうとすれば、大きなトラブルに見舞われるだろう。きみはこの砂漠惑星でなにが起きたのか知らない。そして、われわれがそれをきみに話すこともない。だから、わたしの言葉を信じたほうがいい。きみの命にかかわるかもしれないから」

「黙っているとも」猫男がすみやかに保証した。

「約束したぞ、メン＝ウォ」ペリー・ローダンがからかうような顔になった。「きみがそれを守るかどうかは、われわれには関係ない。われわれとのトラブルではなく、ほかの者たちとのトラブルになるだろうから。それに、もうひとつ。もう二度と、この星系にはもどらないでもらいたい！　きみにとり、それは情報漏洩《ろうえい》や売却と同じくらい致命的になるかもしれないぞ」

情報屋はただうなずくだけで、なにもいわない。

ペリー・ローダンはあらゆる手をつくした。いくつかの点でかなり大げさにしたのは必要にかられてのこと。自由商人の安全を確保するためだ。メン＝ウォがこのブラッフを見破るかどうかは、将来にとり重要ではない。

とうとう、カンタロをとらえたのだ。問題はひとつ解決されたが、これによりあらたな問題が浮上する。ダアルショルから情報を引きださなければならない。

《ホアング＝ダン》がスタートし、自由商人はカルタン船が宇宙の深淵に消えるのを見送った。その後、ローダンは宇宙船六隻すべてに向かってこう告げた。

「フェニックスに向かう！」

＊

セレス星系にまだ到達しないうちに、ペリー・ローダンは《ハルタ》と《ハーモニー》がすでに惑星フェニックスに着陸したことを知った。一方、フェニックスのロワ・ダントンやロナルド・テケナーひきいる自由商人たちは、暗号メッセージを通じて重要な出来ごとについて知らされ、拘束されたカンタロのしかるべき受け入れ準備をととのえることができた。

とりわけ、ハルト人イホ・トロトの到着は、フェニックスにおいてセンセーションを巻きおこした。だれもが、この男は死んだものと思っていたから。その力量や親切な性格や豊富な知識は、だれもが知るところだ。

これにより、自由商人は非常に頼もしい味方を得た。それはべつとしても、この巨漢は、たとえ銀河系史におけるこの七百年間の大きな欠落を埋めることはできなくとも、多くの情報を伝えることができた。

宇宙船六隻は、山岳地帯中心部に位置する都市マンダレーの宇宙港に着陸した。宇宙船はそこからすぐに地下の巨大格納庫に運ばれ、だれの目に触れることなく、地殻変動からも充分に守られる。格納庫から人口五千人の都市マンダレーへの移動は実際、転送機によってのみ。これにより、部外者に対して基地惑星の真の姿はかくされていた。

宇宙港における歓迎団の中心をになっていたのは、ロワ・ダントン、ロナルド・テケナー、イホ・トロトだった。

「捕虜のために特別な独房をマンダレーの集会ホール近くに用意しました」歓迎の言葉を述べたあと、ペリー・ローダンの息子が報告した。「独房は厚さ二十センチメートルのメタルプラスティック壁と、二重のエネルギー・フェンスでかこまれています。さらに、大型戦闘ロボット六体が警備にあたります。独房は、カンタロ用の一般的居室と、調査、交渉、会話用の部屋からなります。すべてを考慮しました」

ローダンから見ても、なにも手ぬかりなさそうだ。レノ・ヤンティルとペドラス・フォッホも同様に賞讃した。

当然のことながら、ダアルショルは拘束フィールドで移送された。レジナルド・ブルはここでもみずから陣頭指揮にあたるといってきかない。ロナルド・テケナーが同行した。フェニックスにおけるあらゆる地理的状況にだれよりもくわしいためだ。

「これから、どうするつもりだ？」ハルト人が、ロワ・ダントン、レノ・ヤンティルとともに転送機でマンダレーに到着するなり、ペリー・ローダンに訊いた。

「ダアルショルは知ってのとおり、ドロイドだ」テラナーが応じた。「そのからだは有機的要素ならびにシントロニクス的要素で構成されている。すでに身体能力、精神能力のサンプルはいくつか提供してもらった。まずは、これらの関連についてさらにくわしく知る必要がある。この問題は、アンブッシュ・サトーが引きうけてくれた。首席科学者はそのために優秀な助手を連れてくることになっている。この調査の前提条件は、ダアルショルが本当に〝緩和される〟まで、独房から出られないということだ」

「危険でなくなるまでか？」ハルト人が笑った。なにが問題なのか、わからないようだ。

「で、その後、あなたが尋問するわけか、ローダノス？」

「尋問だろうが事情聴取だろうが、好きなように呼ぶがいい。われわれ、ダアルショルの命を奪うつもりはない。銀河系の状況について教えてもらえればそれでいい」

「では、超現実学者がなにを見つけだすか、待つとしましょう」ロワ・ダントンがいった。「そのあと、捕虜に話をさせる方法を探さないと。そして、そもそもカンタロが話をするとして、真実をいわせる方法を見つけなければなりません。とうてい、うらやましいとはいえない問題ですね」

＊

二日後、マンダレー中心部にある集会ホールに、自由商人の主要メンバーが集められた。会場は、直径八十メートルの円形建物で、ドーム屋根の先端は高さ四十メートルに達する。超現実学者アンブッシュ・サトーが、カンタロについての最初の調査結果を発表するために招集したのだ。

カンタロの到着後、一部の〝ドレーク〟のメンバーが懸念したような出来ごとは起きなかった。セキュリティ対策が充分に機能している証拠だ。もっとも、ダアルショル自身もごくひかえめにふるまっていた。

ホール内はにぎやかだ。ペリー・ローダン、レジナルド・ブル、ロワ・ダントン、ロナルド・テケナー、レノ・ヤンティル、ペドラス・フォッホ、オムレ・フィッカラルド、グッキー、イホ・トロトにくわえて、《シマロン》乗員十数名ならびに自由商人二十数名が参加していたから。

エイレーネとコヴァル・インガードは、ボニン大陸を見学するためにグライダーで出かけていた。適任のパイロットは、アッタヴェンノクのベオドゥだ。

《シマロン》首席技師でブルー族のヴェエ・ユィイ・リィは、アンブッシュ・サトーの右腕として貢献している。首席技師とその部下たちはこの二日間というもの、つねに首席科学者をサポートしてきた。

アンブッシュ・サトーほかテラナー三名が、本来の超現実学者チーム・メンバーだ。かれらはちょうど、集会ホール内の演壇の上に、デモンストレーション用装置をならべていた。これに大型スクリーンがくわわり、準備が完成する。

アンブッシュ・サトーがデータ記憶装置をかかえてホールに足を踏みいれると、自由商人のほとんどが頸を伸ばした。この超現実学者のことはまだよく知られていなかったから。ペリー・ローダンが連れてきた人物であり、謎めいた捕虜カンタロの能力と知識の解明を担当する科学者だという噂は、もちろんひろまっていた。NGZ一一四三年においても、人々の好奇心というものはまったく変わらない。

アンブッシュは、容姿端麗とはいいがたかった。身長わずか百六十センチメートル。ややひょろりとしたからだに、大きな球形の頭。つねに着用している簡素な着物も、目を引いた。自由商人の基準からするとめずらしいものだから。注目の声が飛びかい、マンダレーの集会ホールが騒がしくなる。

科学者は、まったく動じない。すみやかに台座に向かうと、設置された機器のひとつにデータ記憶装置を押しこんだ。大型スクリーンが明るくなる。小型スクリーンには、計測値やそのほかのちがいを表示するための標準パターンがあらわれた。挿入された枠には、目だつようにメイン・スクリーンとの関連がしめされている。

「みなさん、ごきげんよう」アンブッシュが明るく、はっきりとした声で告げた。「では、早速はじめましょうか」

大型スクリーンに、カンタロの静止画像がうつしだされた。

ダアルショルをはじめて見た者は、テラナーだと思うかもしれない。人類との外見上のちがいはわずかだった。よく見なければ気づかないほどの。

とはいえ、その類似性は外見だけのもの。テラナーは純粋な生物であり、カンタロはドロイドと呼ばれていた。サイボーグ、アンドロイド、あるいは半生体的人工物といってもいい。

両目は、テラナーのものよりもややたがいにはなれている。テラナーの目の色はさまざまだが、ダアルショルのようなエメラルドグリーンの目は、人類では非常に稀なもの。身長はテラナーの平均値とほぼ同じで、アンブッシュ・サトーのチームによる計測では百八十二センチメートル。短く刈りこまれたダークブラウンの髪は、あまり目だたない。テラナーの平均タイプと比較すれば、顔はむしろ独特で表情豊かに見えた。

カンタロの肌色もとりわけ目だつものではなかった。明るすぎず、暗すぎず、あるいは優勢な色調やほかの目だつ特徴もない。

超現実学者は、カンタロの声の録音を再生した。その響きはシントロン技術のものではない。かなりの低音ボイスだ。

これが外見に関するおもな情報だった。外見よりも精神能力や身体能力のほうが重要といえる。それについて首席科学者は、さらにつけくわえることがあるようだ。

「これがダアルショル、カンタロです」アンブッシュ・サトーが口をひらいた。「生物学的には自然生物ではありません。からだの多くの機能が人工的なもの、つまり生体物質あるいは有機物ではないから。さまざまなモジュールや器官で構成されています。モジュールも器官も、そもそも機能という意味においては同じもの。それらは完璧に連携して作動しますが、一部は人工物であり、一部は生体物質なのです」

「さらにくわしい説明を！」マリブ・ヴァロッザが叫んだ。この〝ドレーク〟の女副官は、集会ホールに忍びこんだようだ。まるで自分自身や世間に不満をいだいているような顔をしている。

「カンタロはごくふつうの生体物質で構成され、そのなかをシントロン束やシントロン・システムが貫いています」首席科学者は冷静に応じた。「これらの人工部品は通常、ごくちいさいが非常に効果的なもの。これらの極小モジュールは体内に存在し、命じられたことを実行する。そして、シントロン・プロセッサーによって制御される。純粋な有機部分も選択により制御可能です。これについてはもうすこしくわしく説明するつもりですが、まずはヴェエ・ユィイ・リィに、カンタロの一般的な身体構造について報告してもらいましょう」

ブルー族は、聴衆に向かって告げた。

「カンタロの全身は、外部からは見えない耐久性の高いポリマーメタル製の第二の皮膚でおおわれています。筋肉に相当するものは、同様の強度と弾力性のある似たような素材でできています。これらの〝鋼の筋肉〟は純粋にシントロン・メカ制御、あるいは生体的要素とのコンビネーションで制御されます」

この言葉を裏づける映像がしめされた。

「カンタロのこの総合システムを発揮できる力は、通常の生物学的生物が持つ想像力を超えています」ヴェエ・ユィイ・リィがつづける。「詳細についてはまだ調査中ですが、イホ・トロトでさえダアルショル相手では苦戦すると思われます。カンタロからすでにサンプルを入手しました。わたしからは以上です。サトー、どうぞ」

カンタロの身体映像のさまざまなエリアがカラフルに点灯する。紺色、あるいは青色から水色のグラデーション、あるいは真っ白なエリアもある。重要でないエリアは、やわらかな黄色やグリーンをしていた。

「結果を一般的な方法で表示してみました」超現実学者が言葉をつづけた。「色の濃い部分はシントロン・ロボット要素、白い部分は純粋に有機生物的要素。中間色は、シントロニクス的要素あるいは有機的要素の割合を段階的にしめしています」

「技術システムのシントロニクスは、虚像を生じさせることができるぞ！」オムレ・フィツカラルドが口をはさんだ。

「そのとおりです、フィツ！」アンブッシュ・サトーは聴衆に背を向けていたものの、ハイパー通信スペシャリストの声だとすぐにわかった。「ご指摘に感謝します。どうか信じてください。わがチームは細心の注意をはらっています。それでも、捕虜にどこまでだまされているかについては、完全には確信が持てないのです」

自由商人の反応から察するところ、この率直な言葉は大いに受けいれられたようだ。

「この紺色のポイントは」アンブッシュがレーザーポインターでカンタロの映像をなぞった。「シントロニクスの活動拠点で、すくなくとも十個所あります。そのすべてを入念に計測しました。さまざまな観点から五回以上も。筋肉のなかに黒っぽい筋が見えます。それが生体細胞も非生体細胞も両方制御可能なシントロン神経索です。捕虜はドロイド。ある意味、機械的に改良されたアンドロイドともいえます」

映像が切りかわり、紺色のエリアが消えた。

「べつの角度から見てみましょう」アンブッシュ・サトーが説明する。「これは、重要と思われる臓器のみを抽出したもの。グリーンは生体細胞で、赤色は合成シントロン細胞です」

カンタロの身体映像の人間の脳にあたる部分に、はっきりとグリーンのエリアが生じた。もっとも、頭のその部分には赤い帯が巻かれている。

「脳は」超現実学者が説明した。「シントロン制御のエネルギー・フィールドによって遮蔽されています。これにより、テレパスはドロイドの思考を読むことができない。ドロイドがそう望むかぎり」

喉頭部分に、ちいさなグリーンのエリアが生じた。

「第二の脳です。右鎖骨の下にあるこのシントロン生体ミニチュアステーションによって人工的に育てられたもの。当然ながら、つねにそこから制御されています」

右鎖骨の下の、説明のあった個所に赤い楕円形が生じた。

「この脳の思考は、シントロン・プロセッサーによって制御可能です。それは自然に見える思考を生みだすことができる。ですが、それはすべてカンタロの論理モジュールによるもの。グッキーは、宇宙船《バルシーバ》における捜索中にこのトリックに引っかかった。引っかからざるをえなかったといえます。なぜなら、このモジュールの構築は実際、完璧で、ミュータントといえどもそれに気づくのは不可能だから」

グッキーは同意をしめし、

「完璧なやつなんていないのさ」と、いった。「でもって、あのダアルショルも完璧じゃないと思う。それでも、ぼかあ、あのドロイドみたいなほとんど完璧な生き物には会ったことないよ。もっとも完璧ではないことは、ペドラス・フォッホの思考によって証明されたけどね。友の思考がぼくを正しい方向に導いたんだよ。それとも、それもカンタロが計算してたっていうの？」

だれもがグッキーに賛同する。とはいえ、イルトは……テレパシーで探らなくとも！……実際、全員がこの最後の一文を聞きのがしたように感じた。

カンタロは、それを計算していたのだろうか？　グッキーは、シントロン・プロセッサーの思考を読むことができない。それは承知している。おそらく、あのダアルショルがイルトにどのようなゲームをしかけたのかを知ることは、けっしてないだろう。

「これまでにわかったことをもう一度、説明します」アンブッシュがつづけた。「その多くはまだ証明されていない理論です。カンタロは自分の生体脳の思考を完全に遮蔽できる。さらに！　その思考を大幅に削減し、長期にわたり完全に無効化することもできる。その結果、テレパシー能力に恵まれた存在は、なにもとらえられない。この有機脳だけでもすでに注目すべきものですが、実際のところ、カンタロはそれさえ必要としない。なぜなら、複数のシントロン・プロセッサーに完全にたよることができるから。それらは体内のさまざまな場所に存在し、そのすべてが連携して働き、すべての有機生物的機能を監視し、制御し、無効化できる。シントロン・セクターにおける中心的役割を持つのが、本来の意識です……それは全体を調整し、最終決断をくだし、真の脳にかわるプロセッサーといえましょう」

このシントロン制御要素は右鎖骨の下にある。外側からはその存在をほとんど確認できなかった。

アンブッシュ・サトーはさらにつづけた。

「シントロン制御要素には、実物そのものに見えるコピイがあります。そのモジュールは比較的容易に見つけることができました。このコピイは、われわれの腎臓にあたる部分にあります。そのふたつのモジュールのちがいはまだ完全にはわかりませんが、これにより重要な点について話すことができます」

大きな赤いしみが、ダアルショルの映像の腎臓あたりに生じた。ふたつめの、やや薄い円が、右肺のあるべき場所に形成される。

「おそらく、ここがシントロン活動と攻撃的言動の中枢でしょう」アンブッシュが腎臓あたりにある人工臓器をさししめした。つづいて、レーザーポインターが右肺のやや薄く見えるエリアに移動する。

「肺に存在するシントロニクスは、ただのダミーです。腎臓エリアの真の中枢を敵に見つからないようにするための。それでも、ヴェエ・ユィイ・リィは腎臓エリアの真のシントロニクス中枢を見つけました。これがなくともカンタロは生きられるでしょうが、無害となり、おそらく会話に応じる用意もできるでしょう」

ペリー・ローダンは、感銘を受けた。アンブッシュ・サトーは、なんとすばらしい成果をあげたのか。

「結論をいいましょう」ちび科学者がつづけた。「腎臓エリアの重要モジュールを除去しても問題はなさそうです。ダアルショルにダメージをあたえる懸念もない。従順になるだけです」

「では、そうしてもらおう」ペリー・ローダンが断言した。「それも可及的すみやかに。ダアルショルの話を聞いてみたい。カンタロはここにいる者たちのなかで、過去百年、あるいは二百年にわたって銀河系にいた唯一の存在であることを忘れてはならない。そして、銀河系がわれわれの故郷銀河であることも。ブルー族でも、プロフォス人でも、アコン人でも、ツーノーザーでも、テラナーでも、アルコン人でも、ほかのなんであれ。

そこは、いまだにわれわれの銀河系だ！　そしてドロイドの、カンタロの銀河系ではない！」

自由商人たちは、この言葉の重みを感じた。だれもが立ちあがった。ロワ・ダントンとロナルド・テケナーが、ペリー・ローダンに近づいてくる。そこにレノ・ヤンティルもくわわった。

「われわれもいっしょに。そうですよね？」それはまるで問いかけのように聞こえたが、ローダンは、息子やほかの腹心たちがなにをもとめ、期待しているかを知っていた。

「もちろんだとも！」テラナーは答えた。「われわれ、協力しあわなければ、なにもなしとげられない。サトーが該当の腎臓モジュールを除去したら、教えてもらいたい。そのあと、あのカンタロがわれわれになにを話してくれるのか、楽しみだ」

8

すべてが、思い描いていたとおりに進んだわけではない。シントロン・モジュールとシントロン・プロセッサーにはがっかりだ。体内の独立クロノメーターが信号を送り、遮蔽された有機脳にとどくインパルスが苦痛と怒りを生じさせた。

あきらめるにはまだ早い。ふたりはふたたび、マシンと装置を組みたてた。ダアルショルを拘束するエネルギー枷を強化する。カンタロはもう動けない。ヴェエ・ユィイ・リィもいっしょだ。アンブッシュ・サトーがやってきた。

革のようなライトベージュのコンビネーションは、とうに脱がされていた。もはや、なんの外部支援もない。たよれるのは、自分のからだのみ。

アンブッシュ・サトーは、データバス分離装置で孤独なカンタロのからだからモジュールをとりだす準備をしている。首席科学者は、それを生体ロボット手術と呼んだ。ブルー族が慎重に作業を進めているのがわかる。ダアルショルは、されるがままでいた。抵抗したところでむだだろう。とりだされるのは、腎臓近くのマルチ・モジュールだ。

アンブッシュ・サトーのチェック・センサーによって制御される細いレーザー・ナイフが、からだを穿《うが》つ。モジュールは慎重にとりだされたが、それでもカンタロにとってはきわめてやりきれないものだった。ダアルショルはほかのモジュールを調整し、静めるのに苦労したが、それに成功する。

それでも、戦いと降伏の内面的葛藤においてなにかが動きはじめた。強さがふたたび勝利する。カンタロにとり、それは次の逃走機会を利用することを意味した。

＊

「腎臓モジュールをとりだしました。これでも、そう速くは動けないでしょう」アンブッシュ・サトーがペリー・ローダンに向かって説明した。このふたりのほかに、ヴェエ・ユィイ・リィとネズミ＝ビーバーのグッキーも、ダアルショルの独房内で尋問に立ちあう。「ほかの機能にも影響をおよぼす可能性があります。理論的には、拘束フィールドのスイッチを切ることができるでしょう」

カンタロがいる部屋の一部は、三名が立つ部分からエネルギー・バリアでさらに仕切られていた。

「では、スイッチを切ってくれ！」ローダンが告げた。「捕虜と話がしたい。それとも、まだ危険だと思うのか？」

「本来、危険ではありません」超現実学者が答えた。「ですが、確信は持てません」

ブルー族がスイッチを操作する。拘束フィールドが消えた。

「わたしはペリー・ローダン」テラナーがカンタロに向かっていった。「きみと話がしたい。もっと近くにきてくれ！」

人影が、成型シートからおもむろに立ちあがった。

「もうちゃんと動くことができない」捕虜は不平をいった。インターコスモで話している。「運動制御が正しく機能しない」

ダアルショルの膝から力が抜けた。そのまま、床にくずおれる。カンタロはどうにか、ふたたび立ちあがった。なんとなく、ローダンは同情をおぼえ、

「わたしのいうことがわかるか、ダアルショル？」と、ドロイドに向かって訊いた。

「もちろんだ」相手がゆっくりと答えた。

「わたしを敵とみなさないでもらいたい！　きみを拘束する必要があったが、われわれは敵ではない。わたしはきみの種族のことを知らない。どこからきて、なぜ銀河系を支配したのか、わたしにはわからない。ダアルショル！　見てのとおり、ここには銀河系種族のメンバーがいる。わたしはテラナーだ。われわれは全員、故郷惑星にもどることができない。銀河系が突破できない壁につつまれているからだ。なぜ、そのようなことをした？」

「守るためだ」カンタロがたどたどしく、それでも簡潔にいった。「思考できない。動くこともままならない」

「なぜだ、ダアルショル？」

「モジュールがないせいだ。なにも思いだせないし、思いつかない。答えるには、モジュールが必要だ」

ローダンは、アンブッシュ・サトーを問うように見つめた。

「警告しかできません」超現実学者が力強く、かぶりを振った。「いまは無害ですが、モジュールがあればきわめて危険な存在になるでしょう」

「われわれには、ほかにも防御手段や警備ロボットがある」テラナーが迫った。「モジュールの使用を許さなければ、われわれ、なにも知りえない。カンタロは話す準備ができているといっているのだぞ」

「わたしには信用できません。それでも、リスクを冒すつもりならば、その装置をふたたびとりつけますが」

「リスクを冒そう」ペリー・ローダンが決意する。

ヴェエ・ユィイ・リィはすぐに準備にとりかかり、メド・システムおよび技術システムを室内に用意させた。手術は数分で終わるだろう。からだの該当部分はまだ開いていた。

ダアルショルは黙ったまま、すべてを受けいれた。ブルー族が技術システムをふたたびとりはずしたとき、カンタロは成型シートでぐったりとしていた。

そのさい、ヴェエ・ユィイ・リィは、べつの防御手段を設けずに、レーザー・センサーを部屋から外に出すため、追加のエネルギー・フェンスに構造亀裂を数秒ほど生じさせた。

ほんのわずかな不注意。たった一瞬の隙。それだけでカンタロには充分だった。からだをまるめた姿勢から構造亀裂をぬけ、前に跳びだしたのだ。ペリー・ローダンとグッキーに鋼のこぶしが命中する。ふたりとも床に投げだされた。イルトは横たわったまま動かない。テラナーは意識を失わないよう、必死だった。

そのあいだに、ダアルショルは足蹴《あしげ》りを二発見舞い、アンブッシュ・サトーとヴェエ・ユィイ・リィを眠らせた。

ローダンが立ちあがろうとしたとき、カンタロはすでにブルー族のパラライザーをつかんでいた。脚に一発命中し、テラナーはとうとう床にくずおれた。それでも、まだ意識ははっきりしている。そのため、カンタロのすばやい動きを目で追うことができた。

ダアルショルが、側壁の錠を一瞬で引きさく。数秒後には、ライトベージュのコンビネーションと高性能大型コンビ銃を手にしていた。

このとき、ようやく警報が鳴りひびく。警備ロボットが駆けつけ、あらたにエネルギー・フィールドを構築したが、カンタロの分子破壊銃がそれを床に吹きとばした。それでも警報によって、独房内に組みこまれたセキュリティ装置が作動する。それらが完全に機能する前に、ドロイドはコンビネーションを急いで着用した。

部分的に麻痺したテラナーの目の前で、カンタロがグラヴォ・パックで上昇していく。轟音とともに天井を突きやぶると、どこかに消えた。

数分後、ブリーとロナルド・テケナーが駆けつけた。ネズミ＝ビーバーはちょうど意識をとりもどしたところだ。

「いま、ぼかあ、マリブ・ヴァロッザみたいに悪態をつきたい気分だ！」イルトがどなった。「みごとにだまされたよ」

ペリー・ローダンは、細胞活性装置のおかげで、すでにすこしは動けるようになっていた。テラナーはただうなずき、こう告げた。

「イホ・トロトを連れてきてくれ！ カンタロを捕まえられるのは、あの男だけだ」

「もうここにいるぞ、ローダノス！」独房の出入口から、声が轟く。そこには、ほかのテラナーと〝ドレーク〟のメンバーの姿もあった。「こっちには、自由商人の戦闘グライダーがある。それに、ロワも案内役として同行してくれる。あのドロイドをかならず捕まえる！ 信じてくれ！」

自由商人の都市マンダレー全体が騒然としていた。ロワ・ダントンはすでに、ほとんどの通信手段を遮断しておいた。逃亡中の捕虜の居場所についてなにか知る者だけが、これを利用することが許される。その情報はすべて、イホ・トロトが操縦する戦闘グライダーに集まった。

*

当初、逃亡者のシュプールはなにひとつ見つからなかった。ハルト人は都市上空にとどまり、目を光らせた。都市のいたるところをグライダーや小型搭載艇が飛びから。遠くはなれた宇宙港から急遽呼《きゅうきょ》びよせられた機体だ。その数が徐々にましていく。ダアルショルは消えてしまった。まるで文字どおり、地面に飲みこまれたかのようだ。

そして、ひとりのこらず捜索に出ているはずの自由商人からも有益情報はない。逃走後、カンタロを目撃した者はひとりもいなかった。

「理解できない」ロワ・ダントンが声に出していう。「跡形もなく消えうせるわけがない。マンダレーはそれほどひろくはないのだから」

「わが計画脳が、いくつかの可能性をはじきだした」巨漢が応じた。「ダアルショルは、この逃走でなにをもくろんでいるのか。パニックに駆られての行動とは思えない。ならば、カンタロのシントロニクス的要素が阻止するだろう。そして、逃亡をよそおっただけというのも非論理的だ。つまり、実際にここから脱出するつもりだろう」

「もちろんだ」ロワ・ダントンが力をこめていった。

「だとすれば」ハルト人はつづけた。「脱出ルートはただひとつ。宇宙港に向かうはずだ。フェニックスをはなれるには宇宙船が必要だから。カンタロがいるのが惑星上だろうと、独房だろうと大差はない。ダアルショルは多くを、あるいはすべてをかけているはず。そして、おのれの知識、非凡な力、機敏さを信じているにちがいない」

「つまり」ロワが応じた。「カンタロが転送機ルートを使って宇宙港に向かおうとするということか？　テクがすべての転送機を監視している。ダアルショルは、そこで目撃されていないが」

「おそらくマンダレーをはなれるさい、すでに転送機を使っていたかもしれないな。監視体制がととのう前にだ。カンタロには充分な時間があったはず。とはいえ、それはありえそうもない。ダアルショルは、転送機ルートについてくわしくないだろうから」

「そういえば、《シマロン》を降りたあと、カンタロは宇宙港からマンダレーに転送機ルートで移送されたのだ」自由商人が思いだしたようにいう。

「カンタロのコンビネーションは飛行可能だ。それに、逃亡者にとって転送機の利用はつねにリスクがともなう。ダアルショルは、グラヴォ・パックを使って逃げたにちがいない。地下宇宙港のセキュリティ体制を強化する必要があるな」

ロワ・ダントンはただちに、いわれたとおりにした。すでにある程度回復したペリー・ローダンも通信で会話に参加する。

「《シマロン》乗員もたたきおこした。シントロニクス結合体も、カンタロの目的地が宇宙港だと推測している。おそらく、こっそり宇宙船を手にいれるつもりだろう」

つづく半時間、捜索はますます地下宇宙港に絞られた。とりわけ、マンダレーではダアルショルのシュプールが見つからなかったから。偽装された着陸シャフト付近には特殊監視装置が設置されたが、これまでなんの効果もない。イホ・トロトは思った。ひょっとしたら、ドロイドはすでにそこに到着し、ひそかに地下施設に侵入したのかもしれない。

ハルト人は、ロナルド・テケナーとペリー・ローダンに連絡をとり、

「いま、宇宙港に向かっている」と、告げた。「カンタロは、いつかそこにあらわれるはず。それ以外の場所は論理的ではないから。ロワの言葉を借りれば、フェニックスには、宇宙港のほかにはどこにも宇宙航行可能な機体はない。そして、カンタロにはその手の機体が必要だ。ダアルショルのコンビネーションでは、フェニックスの衛星にさえ到達できない。ヴェエ・ユィイがいっていたように」

まだ飛行中のトロトとロワに、宇宙港指揮官カルラ・トパスから一報がとどいた。換気シャフトの柵が、最近溶断された形跡のある空調システムが見つかったという。

だれもが、それがダアルショルのしわざだと疑わなかった。これにより、ハルト人同様に《シマロン》のシントロニクス結合体が結論づけたことが証明された。ドロイドがめざしたのは宇宙港だったのだ。フェニックスをはなれるつもりにちがいない。それは、すでにカンタロが地下施設のどこかにいるという事実と同じくらいたしかだ。

イホ・トロトはカルラ・トパスから、自由商人のどの船が現在停泊中なのかを聞きだした。十一隻のうち、四隻が航行中だという。のこりの七隻のうち、ドロイドに適しているのは小型船二隻しか考えられない。ほかの宇宙船はすべて、ひとりでは操縦不可能だから。

「その二隻をとりわけ厳重に警備してくれ！」ハルト人が告げた。「そして、カンタロがあらわれても、なにもしないように。周知のとおり、ダアルショルはパラライザーに反応しないが、ほかの武器は無用だ。生けどりにしなければ。わたしはあと数分でそちらに到着する」

トロトが地下格納庫に到着するまで、そこではなにも起きなかった。ハルト人はすでに戦闘服を着用。到着したさい、カルラ・トパスがみずから現場にいた。自由商人二ダースと同数のロボットをしたがえ、小型宇宙船二隻を包囲している。シャフトはとりわけ厳重に守られ、逃亡はほとんど不可能と思われた。

ハルト人は周囲を確認した。無数の通廊、シャフト、エアロック室、部屋が混在するものの、計画脳がたちまち全体像を把握する。かくれ場はたくさんあった。ドロイドがマンダレーを脱出してから、ほぼ三時間が経過している。すでにどこか近くにひそんでいるにちがいない。

「全員、ここから撤退してくれ」イホ・トロトの声が轟いた。「スタート用シャフトを開けろ。カンタロを逃がすのだ。やつは、もうわれわれにとって価値がなくなった」

カルラ・トパスもほかの自由商人もすくなからず驚き、ためらったが、ロワ・ダントンが断固としていった。

「トロトのいうとおりにするのだ！　カンタロと争っている場合ではない。ダアルショルは、この施設ごと破壊するかもしれない。だから、撤退せよ！　質問はなしだ」

数分後、格納庫にはほとんど人がいなくなった。ただ、ロワ・ダントンだけがグライダーで待機する。イホ・トロトは小型宇宙船二隻のあいだに立ち、

「ダアルショル！」と、地下ホールに声を轟かせた。「ここにかくれているのは、わかっている。きみを行かせることにした。小型宇宙船二隻のうちの一隻を選び、ここを立ちされ！　これから出口を開ける。この提案は一度かぎりだ。ただちに決断せよ！」

ロワ・ダントンは周囲を見まわし、トロトは完全に静止していた。

格納庫ホールはずれの換気シャフトから、カンタロが滑りでてくる。ハルト人は一瞥しただけで、それ以外はなにもしなかった。グライダーで待機するテラナーは、ほとん

ど気づかれないようにセンサー・スイッチを押しこみ、録画映像つきの通信システムを作動させた。これで、詳細まで逐一、関係者すべてに転送される。

「信用できるものか！」ダアルショルが暗い声で叫んだ。「いま姿を見せたのは、わたしがきみたち全員をうわまわっているからだ。きみはハルト人だな。ハルト人にははじめて会うが、その種族に関する情報はある。きみがどれほど強いか、知っているぞ。自分の強さもわかっている。だからこそ、姿を見せたのだ」

イホ・トロトとダアルショルはまだ二十メートル以上はなれている。ハルト人は、この単純な策略が実を結ぶまで待たなければならなかった。

「どの船を選ぶつもりだ？」ドロイドに訊いてみる。

「シャフトを開けろ！」カンタロが要求し、立ちどまると、高性能大型コンビ銃をかまえた。

トロトはロワ・ダントンに合図を送った。その直後、スタート用シャフトが開いた。フェニックスの夕日が地下ホールにさしこみ、人工照明と混ざりあう。

カンタロはまだためらっていた。

「きみの提案は論理的ではない」ダアルショルがややいらついたようにいう。トロトはカンタロの一挙一動を心にとめた。見ためが華奢《きゃしゃ》だからといって、けっして侮《あなど》ってはならない相手だ。

「論理的だとも」ハルト人はドロイドに近づき、手をさしだした。「わたしが愛するのは、知性的で友好的な存在だ。きみがハルト人について間接的にしか知らなくとも、われわれがとても面倒見がよく、ほかの知性体を自分たちの子供のようにあつかうことを知っているはず」

ダアルショルは、イホ・トロトに二歩近づいた。

「力ずくではなにもできない」ハルト人はおだやかな声でつづけた。「きみはわれわれに、自分がどれほど賢いかを証明した。きみが完全に個人的な問題で苦しんでいることも知っている。きみなら解決できるさ。道は開かれている。行ってかまわない」

カンタロはイホ・トロトの横を通りすぎ、もよりの宇宙船に向かった。搭乗口が開いている。エメラルドグリーンの目には、感謝の意と解釈されうるものが輝く。それでも、ハルト人は惑わされない。

ダアルショルはゆっくりと歩いていたが、突然、トロトに向かって突進する。ハルト人はまさに攻撃準備をととのえていた。充分にすばやく反応する。一瞬でからだが硬化し、ドロイドは鋼の塊りに衝突した。

ハルト人の作業アーム一対があがった。こぶしがコンビ銃に命中し、高い弧を描きながらホールを飛んでいく。次の瞬間、もうひとつのこぶしがカンタロを押しもどした。

そのさい、トロトが相手のコンビネーションの重要な装置にぶつかったのは、むしろ偶然だった。

ダアルショルが素手で巨人に襲いかかった。その打撃はすさまじく、トロトがよろめく。知性、反応速度、俊敏さ、力量といった点では、両者はほぼ互角だった。それでも、ハルト人は大きな体格を活かし、カンタロを地面に押しつけた。ドロイドにとり、狙いを定めて弱点を探す。すると、右の鎖骨下にその場所を見つけた。それから、おそらくもっとも重要なシントロニクス的要素がそこにあるはずだ。

イホ・トロトが、その場所に圧力をかける。それで充分だった。

「やめろ！」ダアルショルが叫んだ。「降参する！」

数秒後、待ちかまえる自由商人たちにロワ・ダントンが呼びかけ、大型拘束フィールドがドロイドをつつみこんだ。

＊

ペリー・ローダンは、まだカンタロの一撃による頭痛を感じていた。それでも、麻痺ビームの効果は完全に消えた。いま、ダアルショルはふたたび独房のなかにいる。イホ・トロトは、ドロイドを考えるように見つめた。

アンブッシュ・サトーは、ふたたび腎臓モジュールをとりのぞき、捕虜をエネルギーによる拘束状態に置いた。ふたたびリスクを冒すわけにはいかない。だれもが同じ思いだ。

「もう二度と、われわれをあざむけない」テラナーがドロイドに告げた。「記憶喪失のふりはもう通用しない。もう観念したらどうだ。そのほうが賢明だろう」

「わかった」ダアルショルが応じた。

「ならば、話してくれ！　われわれがなにに興味があるか、わかっているはずだ」

「きみたちはわが宇宙船《バルシーバ》を破壊した」ダアルショルが告げた。「その宇宙船で、わたしは可及的すみやかに銀河系にもどるはずだった。ゆえに、べつの方法を探さなければならない。ひょっとして、きみたちがわたしを助けられるのではないか」

「なぜ、銀河系にもどりたいのか？」ペリー・ローダンが驚いて訊いた。

「もどらなければならないのだ！　命がかかっているから。体内で独立クロノメーターが動いている。もどれなければ、わたしは死ぬだろう」

あとがきにかえて

林　啓子

今回、翻訳を担当させていただいた七一三巻の前半一四二五話の作家は、大好きなフランシス。いたずら心満載のストーリー展開に、一癖も二癖もあるユニークな登場人物たちに、毎回、心躍らせている。はたして、謎の情報提供者はだれなのか……推理小説ファンの私も、一見、伏線と思われた巧妙なトリックにすっかりしてやられた。

新たな登場人物のなかでもとりわけ異彩をはなつ〝スリープ〟ことドニー・ワリーは、立ったまま、目を開けて眠ることができる。この特技を存分に活かし、特務部隊は希少生物メッゾの捕獲に成功。メッゾ五体と、その代金五百万ギャラクスを交換するくだりでは、実際に人間と動物と代金の駒をそれぞれ用意し、母船と惑星のあいだを行き来させながら訳してみた。論理パズルの〝川渡り問題〟さながらに。

この〝川渡り問題〟を最初に考案したのは、イギリスのヨーク出身の神学者アルクインといわれ、八世紀にラテン語で書かれた文献に〝若者の心を鍛える問題〟として登場する。アルクインは、フランク王国のカール大帝から厚い信頼をよせられた、教会制度と教育制度における有力な助言者。起源が明確な文献としてはこれが最古のものらしいが、川渡り問題自体はさらに昔から存在し、東洋では紀元前にさかのぼるともいわれている。

長きにわたり、世界中で愛されつづけてきたこのパズルは、川岸にいる一団を特定の条件を満たしながら対岸に渡す手順を考えるという内容で、さまざまなヴァリエーションがある。

もっとも有名なのは、神学者アルクインが考案した〝オオカミとヤギとキャベツの川渡り〟だろう。これは、農夫がオオカミ、ヤギ、キャベツのいずれかとともにボートで川を渡る方法を見つけだすというもの。ここでネックとなるのは、その条件だ。ボートを漕げるのは農夫のみ。ボートには農夫のほか、動物一匹もしくはキャベツ一個しか乗せられない。農夫がいないとオオカミはヤギを襲い、ヤギはキャベツを食べてしまう。すべてを無事に向こう岸に渡すには、どうすればいいか？

あるいは、〝宣教師と先住民の川渡り〟も定番だろう。これは、宣教師三人と先住民三人を二人乗りボートで対岸に渡す手順を考えるという論理パズル。いずれかの岸で先住民の数が宣教師の数をうわまわると、先住民が反旗を翻し、宣教師に襲いかかるという設定だ。

川渡り問題の魅力は、紙とペンさえあれば、いつでもどこでも言語や文化、年齢のちがいを問わずに楽しめ、論理的思考や問題分析力を鍛えられるところにあるようだ。私も久しぶりに解いてみたところ、すっかりはまり、ひそかなマイブームとなっている。


パズルとならぶマイブームといえば、高齢者施設における訪問演奏会だ。週末に時間が許すかぎり、ピアノと歌で参加することにしている。音楽の調べは、心とからだにリラクゼーション効果をもたらし、人とのコミュニケーションを促進するという。

脳科学者の瀧靖之《たきやすゆき》氏によれば「音楽は聴くだけでなく、演奏するといい。みずからの手で音楽を〝創造する〟ことによって、脳の〝報酬系〟と呼ばれる領域が活発となり快感を覚えるうえ、脳の認知機能を担う分野を刺激し、身体の協調運動をつかさどるさまざまな脳領域も活性化する」そうだ。

ピアノ演奏は、まさにその最たる例といえるかもしれない。最近、周囲でも人生の大先輩といえるような年齢のかたが、ピアノを習いはじめたという話がちらほら。本物のピアノを用意するのはなかなかハードルが高いと思われるが、いまはキーボードなどの音量調整可能な鍵盤楽器が充実している。気軽に、テーブルやデスクの上で演奏を楽しむことができそうだ。

指先は、第二の脳といわれるほど多くの神経が集まっている場所で、脳にダイレクトに通ずる部分らしい。ピアノを弾こうとするとき、楽譜から読みとる情報を表現するために、一瞬にして脳内で複雑な処理がおこなわれる。脳は、手足に指令を出しながら、音程やリズム、テンポが保たれているかなどを確認する。それはまさに、たくさんのことを同時に処理する多重課題の訓練であり、脳のトレーニングといえるかもしれない。

今年の春は、当初の予想よりも桜の開花がかなり遅れた。

満開を迎えた四月四日。さくら坂の桜のトンネルをくぐりぬけ、たどりついた渋谷の伝承ホールで拝聴したコンチェルト演奏会は、忘れがたいものとなった。

なんといっても、八十歳を過ぎてからピアノに挑戦し、九十一歳でオーケストラと共演するという夢を果たした男性の姿は、生きる喜びと勇気に満ちていた。人生の思いのたけがこめられた美しい音の調べが、いまも深く心にのこる。まさに〝共振〟を感じた瞬間だった。

好きなことを見つけられたら、それだけで人生幸せ。

九十一歳のソリストはそういい、満面の笑みを浮かべていた。

二〇二四年四月十四日　初夏のような陽射しが降りそそぐ東京にて

アポロ18号の殺人（上・下）

THE APOLLO MURDERS

クリス・ハドフィールド
中原尚哉訳

一九七三年、米ソ冷戦下に軍事目的で実現した最後の月面着陸ミッション、アポロ18号。打ち上げ直前の事故によるクルー変更にもかかわらず、予定どおり月へ向かったが、その船内には破壊工作の容疑者がいた⁉　架空のアポロ18号を題材にして宇宙飛行士の著者が描いた、迫真の改変歴史ＳＦスリラー。解説／中村融

ハヤカワ文庫

最後の宇宙飛行士

THE LAST ASTRONAUT

デイヴィッド・ウェリントン

中原尚哉訳

二十年にわたり宇宙開発が停滞した近未来、普通にはありえないコースで地球をめざす天体2Iが発見される。異星の宇宙船か？　NASAは急遽、探査ミッションを始動する。だが、未知の異星人との接触を期待して2Iに接近した宇宙飛行士たちを、衝撃の事実が待ち受けていた……新世代ファーストコンタクトSF

ハヤカワ文庫

訳者略歴　獨協大学外国語学部ドイツ語学科卒，外資系メーカー勤務，通訳・翻訳家　訳書『戦闘部隊ラグナロク』グリーゼ＆シドウ，『アンクラム・プロジェクト』マール（以上早川書房刊）他多数

HM=Hayakawa Mystery
SF=Science Fiction
JA=Japanese Author
NV=Novel
NF=Nonfiction
FT=Fantasy

宇宙英雄ローダン・シリーズ〈713〉

カンタロ捕《ほ》獲《かく》作《さく》戦《せん》

〈SF2445〉

二〇二四年五月二十日　印刷
二〇二四年五月二十五日　発行

（定価はカバーに表示してあります）

著者　H・G・フランシス
　　　ペーター・グリーゼ
訳者　林《はやし》　啓《けい》子《こ》
発行者　早川　浩
発行所　株式会社　早川書房
郵便番号　一〇一－〇〇四六
東京都千代田区神田多町二ノ二
電話　〇三－三二五二－三一一一
振替　〇〇一六〇－三－四七七九九
https://www.hayakawa-online.co.jp

乱丁・落丁本は小社制作部宛お送り下さい。
送料小社負担にてお取りかえいたします。

印刷・信毎書籍印刷株式会社　製本・株式会社明光社
Printed and bound in Japan
ISBN978-4-15-012445-8 C0197